MEMO TEMBELÇİZER ANLATIYOR

(HER ŞEYİ)

nota bene

MEMO TEMBELÇİZER
ANLATIYOR
(HER ŞEYİ)

NOTA BENE

NotaBene Yayınları

MEMO TEMBELÇİZER
ANLATIYOR (HER ŞEYİ)

Baskı ve Cilt:
Hermes Tanıtım Ofset Baskı Hiz. Kağ. Ltd. Şti. Sertifika No: 14847
Büyük Sanayi 1. Cad. No: 105 İskitler / ANKARA Tel: 0.312 384 34 32
1. Baskı, 2016, Ankara
ISBN 978-605-9679-26-8
www.NotaBene.com.tr facebook.com/NotaBeneYayinlari twitter.com/NotaBeneY

Bankacı Sok. 18/1 Çankaya /Ankara Tel: 312 417 05 44
Sertifika No: 18074

ÖNSÖZ

Niye böyle birşey yaptım?

Tam hatırlamıyorum ama Memo, niye böyle bir kitap yapmaya kalkıştığımı sorduğunda, "çünkü ortadaki mal çok iyi" gibi birşey söylemiştim. Öyleydi gerçekten de. Memo'nun yazıp çizdikleri, yaşadıkları, anıları, duruşu, son derece tipik gülüşü, mizah dünyası hakkındaki düşünceleri bir kitap olmayı fazlasıyla hak ediyordu.

İlk kez Sabah dergi grubunda yollarımız kesilmişti. Arkadaşım Engin Eren, "Power'da Memo diye bir çizer var, gördün mü" diye sormuş, "görmediğimi sölyeyince de "gel seni tanıştırayım" demişti. "Büyülenmiştim" desem yalan olmaz. Çizgiler gerçekten çok güzeldi. Çizgi bant , çizgi roman meraklısı olan bendenizi fazlasıyla cezbetmişti.

Sonra Memo'yu hep izledim. Yazıp çizdiği dergileri sayı aksatmadan aldım. Kendim almakla kalmadım. Yurtdışında yaşayan oğluma ve yine yurt dışında yaşayan sevgili arkadaşım Özgür Öktem'e düzenli olarak gönderdim.

Çizimler ve hiyayeler, bence çok absürd, çok komikti, çok zekiceydi. Mast Der, L-Manyak Şehitleri, Aşık Memo ve Fevkalbeşer ve diğerleri... Türk kaldırım edebiyatının en seçkin örnekleri arasında yer alıyordu.

Artı, Memo, yapılması güç bir şeyi yapıyordu. Pek çok farklı bant çiziyordu. Bantlardan biri bir süre yayınlandıktan sonra yerini başkasına bırakıyordu. Toplam 12 değişik bant vardı, yanlış saymamışsam... Üstelik, kitabı okuyanların göreceği gibi, bu bantlar Memo'nun yaşamının farklı evrelerine şahitlik ediyorlardı.

Kitapta özet olarak bunlar var. Ekseninde Memo'nun olduğu olaylar, ilişkiler, arkadaşlıklar yer alıyor. Bana sorarsanız keyifle okunan bir kitap oldu. Yanısıra, mizah dünyasında bilinmedik birçok konuyu aydınlığa kavuşturdu, unutulmuş olanları hatırlattı.

Memo'nun tipik gülüşüne (ho ho) röportaj boyunca dokunmadığımızı da söyleyelim.

Haydi o zaman okumaya...

Aydın Demirer

Memo'ya soruyorum:

İlk çizgilerin duruyor mu hala?

Evet, çoğu duruyor. Karikatür olarak ilk çizdiğim duruyor mu bilemiyorum ama hatırlıyorum, bir adam duruyor, yanında da bir minik adam var. Bakıyor ve "A ne kadar büyük adam" diyor. Yukarıdan da ses geliyor "A ne kadar küçük adam. (ho ho)" Bunu ilkokul ikide filan çizmiştim herhalde. Bu büyük küçük olayını bayağı bir komik bulduğumu hatırlıyorum o zamanlar.

Gördüğün ilk mizah dergisini hatırlıyor musun?

Ben çok küçükken eve bir ara Çarşaf Dergisi alınıyordu. Hatta evde anlatılırdı, okumayı Çarşaf'tan sökmüşüm, ben hatırlamıyorum. Onun dışında düzenli bir biçimde mizah dergisi görmedim. İlk gördüklerim hep orada burada, misafirliklerde falan... Ama ilkokulda falandı herhalde, yaz tatilinde evlerine gittiğimiz teyzemlerde birkaç sene boyunca alınıp biriktirilmiş bir Gırgır dergisi yığını buldum. Günlerce onları okudum. Sadece çizgi ya da komiklik değil de, derginin içinde normal hayattan ayrı böylesine büyülü bir dünya bulunmasından çok etkilenmiştim.

Bir de Bursa'da, amcamların gazete bayisi vardı. Yine yaz tatillerinde orada kalırken, sabahtan akşama çizgi roman okuyordum. Mandrake, Red Kit, Tarzan, Zembla, Tom Braks.

Teyzemlerdeki o Gırgır'larda 'En Kahraman Rıdvan' vardı. 'Uzun öykü, devamı haftaya' biçimdeydi. Bülent Arabacıoğlu çiziyordu. Çok eğlenceli birşeydi. Kendini çizgiroman kahramanı sanan, hafiften delirmiş bir kahraman. Bir de Galip Tekin'den çok etkilenmiştim. 'Acayip Palas' diye fantastik bir öykü. Adam bir otele giriyor, sürekli çok acayip şeyler oluyor.

Bir gün bayide, Gırgır'ın arka kapağını gördüm. "Önümüzdeki hafta En Kahraman Rıdvan'ın yeni macerasına başlıyoruz" diye yarım sayfa ilan vardı. "Benim bu dergiyi okumam lazım" diye düşündüm. O zaman çocuğa harçlık vermek diye bir şey yoktu. Ancak okula gidip gelmem için yol parası verilirdi. Okula yayan gelip giderek, otobüs parasından artırıp, Gırgır almaya başladım. Sonra tabii hepsini çok sevdim. Yıl 1983 filan olmalı... Galip Tekin'in haricinde, dikkatimi çeken İlban Ertem vardı. Ben de karikatür çizmeyi çok istiyordum ama o güne kadar hep resim yapmıştım, çizdiğim adamlar resim gibi oluyordu. Resimsi adama karikatür olsun diye patlıcan burun yapıyordum, çok yapma duruyordu, beceremiyordum.

Sonra karikatür çizmeyi nasıl geliştirdin?

İlban Ertem'in çizgilerini taklit ederek becerdim. Onun hamur gibi bir çizgisi vardı. Hem çok anatomikti, hem de çok serbest bir karikatür deformasyonu vardı. Anatomik yapı

Koca burun 1
Mini burun 2
Çiçeği burnunda bir adam. 3
Yayvan baş 4
Sevrek saç 5
İki çene 6
Merdivenli baş 7
Koca kulak 8
Kabak kafalı 8
Sırıtık 9
Sarkık bıyık 10
Asık suratlı 11
12
Kıvırcık.
İnce bıyık
13
Kaba bıyık
15
14
16 Sarıklı
İnce sakal 19
Porsuk

Annemin mutfak masrafı notları tuttuğu 1976 tarihli bir ajandaya çizdiğim ilk karikatürlerden biri. Herhalde dört, beş yaşlarındayım.

bozulmadan kollar bacaklar çok uzayıp kısalabiliyor, gerçekçilik bozulmadan perspektif çok yamulabiliyordu. Bir keresinde onun gibi yapmaya çalışarak bir adam çizdim. A! Baktım oldu! İlban Ertem'in rahatlığını taklit etmem sayesinde, resim çizgim, karikatüre dönüştü. Orta birdeydim. Ondan sonra dönem dönem sevdiğim bir sürü çizer gibi çizmişimdir. Bir ara Tuncay Akgün gibi sevimli bir çizgim vardı, bir ara Galip Tekin gibi abartılı perspektifli kareler falan yapmaya çalıştım.

Karikatür dışında çizdiğim şeyler, motosikletler ve kaslı adamlardı. En çok Örümcek Adam ve Conan. Bir de çıplak kadınlar. Bütün defterlerime, ders kitaplarının kenarlarına falan sürekli çıplak kadınlar çiziyordum. Sonra sınıfta falan çok dikkat çekmeye başlayınca oraya buraya çizmeyi bıraktım, 'Ayıpçı Defter' adını verdiğim ayrı bir defter tutmaya başladım, çıplak kadınları oraya çizmeye başladım. Gerçi sonra o defter de sınıfta elden ele dolaşmaya başladı.

Sonra o sırada Kemal Aratan çıktı. 1985 filan olmalı. O dönem, bizim kuşağı çok etkileyen bir çizer oldu. Çizgisi çok enerjik, çok yeni, çok geleneğin dışında bir çizgiydi ve köşesinde çizdiği karikatürler de, o çizgiden bağımsız olamayacak esprilerdi.

Normalde bir espiriyi kim çizse olur. Konuyu anlatabiliyorsa olur ama Kemal Aratan'ın karikatürlerinde, sadece onun o çizgi becerisi ve çizgisinin kendine özgü komikliği ve karakteriyle komik olabilecek espriler vardı. Başkası çizdiği zaman çok anlamsız kalacak espriler... 'Ucube Karikatürler' diye bir köşe çiziyordu. O dönem benim yaşlarımda olan Bülent (Üstün),

1986, aynı defterde iki farklı Red Sonya denemesi.

1984, Ayıpçı Defter'den, orta 2

1986, Ayıpçı Defter'den, lise 1

1989, matematik defterinden, lise 3

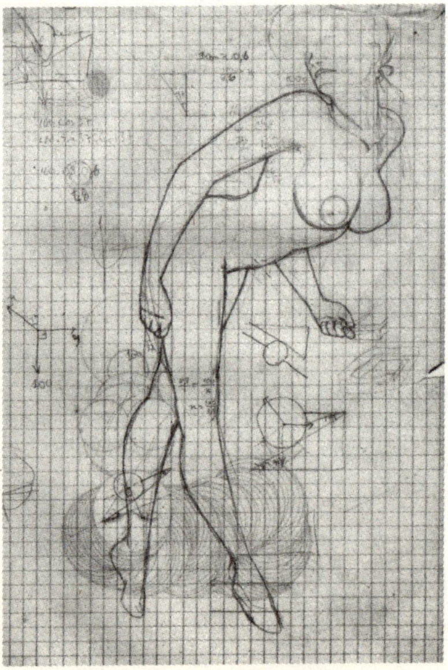

Cengiz (Üstün), Oky ve pek çok başka çizer Kemal Aratan'ın çizgisinden çok etkilenmişlerdir. Kemal Aratan "Bizim kuşağın çizgi anlayışını belirledi" diyebilirim.

Bülent ARABACIOĞLU

Nerede çiziyordu?

O zaman Gırgır'daydı. Sonra bir ekip olarak, Limon'u çıkardılar. Ben ancak otobüs bileti paralarını artırıp Gırgır alabildiğim için Limon'u alamadım. Çok üzüldüm tabii ki, niye ayrıldı bu adamlar Gırgır'dan diye... Ama, bir yandan da bayide görüyordum. Kemal Aratan'ın, Gırgır'da küçük köşesi varken Limon'da kapaklar filan çizmeye başladı. Ve böylece, çizgisi daha gösterişli hale geldi. Kendine özgü çizgisinden de çıkıp, çok usta bir, nasıl diyeyim, bir asıl çizer çizgisine dönüştü.

Galip TEKİN

İlban ERTEM

Suat GÖNÜLAY

Sonra, lisede, Limon da okumaya başladım. Çizgi dünyam daha da genişledi böylece. Kemal Aratan İhtiyatsız Adam'ı çiziyordu o sırada. Kemal Aratan nasıl çizgisiyle bizim kuşağın çizgisini belirlediyse, İhtiyatsız Adam öyküleriyle de macera anlayışımızdaki 'avantür' tadını oluşturdu diyebilirim. Suat Gönülay'da çok güzel çizgilerle çok

Kemal ARATAN

Gökhan DABAK

1986, Orta 3

etkileyici, romansı, uzun öyküler çiziyordu, çok büyüleyiciydi. Öyküler dışında, iğrençlikte, soyutlukta, acayiplikte asla yapılamaz sanılanı yapan Gökhan Dabak'ın, Ziftli Sütlaç köşesini de unutmamam lazım. Çok sonra çizdiğim ZORT! köşesi onun bir yansımasıdır.

Gırgır'da çizerlerin kendilerini tanıttıkları köşeleri vardı bir ara. Ordan etkilenerek, kendim tanınmış bir çizermişim gibi, "şurada doğdum, şuraya gittik, şöyleyim, böyleyim" diye kendi kendime köşeler çizdim. Gün geçtikçe gördüm ki bütün çizerlerde bir kendini çizme eğilimi var. Hatırladığım, çok eskiden Altan Erbulak kendisini çizerdi. Gırgır'da Hasan Kaçan ve Ergün Gündüz'ün çizdiği Hasan-Ergün sayfası vardı. Galip Tekin arada bir kendi öykülerinde belirirdi. Şimdi Ersin (Karabulut) yıllardır kendini çiziyor. Ben de hep kendimi tip yaptım. Ressamlarda da aynı şey var. Onlar da kendi portrelerini çiziyorlar.

Peki biraz baştan alalım mı? Bize biraz çocukluğunu anlatır mısın?

72 doğumluyum. Annem ilkokul öğretmeni, babam hakim.

1987, Lise 1, günlüğüm. Fizik yazılısı o kadar kötü geçmiş ki arkadaşım Fatih'le birlikte delirmişiz.

Çocukluktan ilk hatıradığım şey, Kayseri'nin Pınarbaşı ilçesi. Çok küçüktüm. Annemin ve babamın memuriyetleri nedeniyle, sekiz yaşına kadar orada kaldık. Daha önce, ben bir yaşına gelene kadar Kars Arpaçay'da, üç yaşına gelene kadar da Artvin Borçka'da oturmuşuz ama ben oraları hatırlamıyorum.

İki ablam var. Küçükken ya evde ablamlarla oynardım, ya annemle kabul gününe giderdim. Günlerde kadın muhabbetlerini dinlerdim. Ablamlarla evcilik oynardım. Sonra biraz büyüdüğümüzde de hep yakın arkadaş gibi olduk, bana her zaman her şeylerini, okuldaki hayatlarını, hoşlandıkları çocukları falan anlatırlardı. Hep kadın ortamında büyüdüm yani. Babam da geleneksel anlamda baskın bir karakter değil, erkek egemenlik bana hiç bulaşmadı.

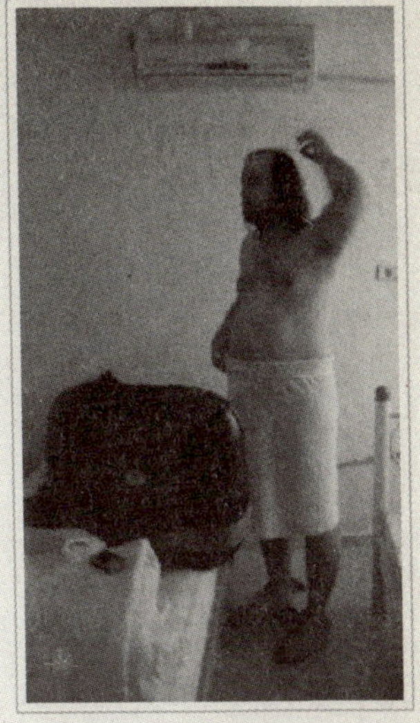

--Memo Tembelçizer--

Yaş: 5 --- Hayran olunan kahraman: Hopdediks

Yaş: 36 --- Gelinen nokta: Hopdediks

2008, Faruken Bayraktare *ile motosiklet gezilerimizi anlattığımız* ***"Endurocu gibiyiz, değil gibiyiz"*** *isimli blogdan.*

Pınarbaşı'ndaki evimizin tam karşısında Şirvan Dağı diye bir dağ vardı. O evinde Gırgır yığını olan teyzemde Asteriks albümleri de vardı. Gırgır'lardan da önce, daha okuma bilmezken onları da çok incelemiştim. Ufak tefek Asteriks ve arkadaşı kocaman Hopdediks. Onların cüsse farkını o yaşta kafamda öyle abartmışım ki, "Asteriks benim kadar olsa, Hopdediks herhalde Şirvan Dağı kadar filan olur" diye düşündüğümü hatırlıyorum. Hopdediks'e çok özeniyordum,

Tenten, Redkit, Hopdediks. Şimdilerde Hopdediks'i Oburiks diye çeviriyorlar.

Hopdediks benim ilk çocukluk kahramanım sayılabilir.

Tabi Hopdediks'ten sonra ilk idollerim olarak Red Kit ve Tenten'i de saymam lazım. O yıllarda eve Milliyet Çocuk dergisi de alınıyordu. Red Kit'i orada okudum. Tenten'i de daha sonra ilkokul'dayken halk kütüphanesine gidip gizli gizli okuduğumu hatırlıyorum. Gizli gizli okuyordum çünkü kütüphane'de Tenten albümleri vardı fakat kütüphane memuru ders çalışmayıp çizgi roman okuyan çocuklara kızıyordu. Gırgır'la tanışmadan önce çizgiyi ve macerayı Asteriks, Red Kit ve Tenten'den öğrenmişim aslında.

Bu arada, arada bir eve Çarşaf dergisi alınıyordu.

Hürriyet'in çıkardığı bir dergiydi hatırladığım kadarıyla. Nehar Tüblek vardı. Eskinin ağır topları oradaydılar. Genç çizerler ise Gırgır'daydı.

Ben tabii o zamanlar öyle şeyler bilmiyordum. Sadece burnu kızarmış çirkin adamlarla uzun bacaklı dik memeli güzel kadınlar hatırlıyorum. Güzel kadınlara bakarken dalıp gittiğimi hatırlıyorum.

O zamanlar çizer olacağına ilişkin belirtiler var mıydı?

Sürekli resim yapıyordum. Çarşaf dışında bir de gazetelerdeki bant tipler vardı. Fatoş, kocası Basri. Basri çok katlı sandviçler yapardı. Şimdiki gençler Basri sandviçini bilmiyorlar (ho ho). Bir de, Milliyet'te 'Allahlık Ali Bey' ve 'Maruf Bey' adında iki bant vardı. Hürriyet'te de Güngörmüşler ve Hüdaverdi'li 'Bizimkiler' de vardı.

Babamın iş yerinden getirdiği kağıtlar vardı, onlara çok Fatoş, Basri, Allahlık Ali Bey çizdim. Laurel Hardi dergileri vardı. Onları da çiziyordum.

Sonra sekiz yaşında Antep'e taşındık, lise bitene kadar da Antep'teydik.

Ailen bunları beğeniyor muydu?

Evet. Gelen misafirlere "bakın bizim çocuk böyle çiziyor" diye gösterilirdi. Antep'e gidene kadar. Antep'e gittikten sonra "derslerini aksatıyorsun"a geldi iş.

Peki sizinkiler muhafazakar mıydı?

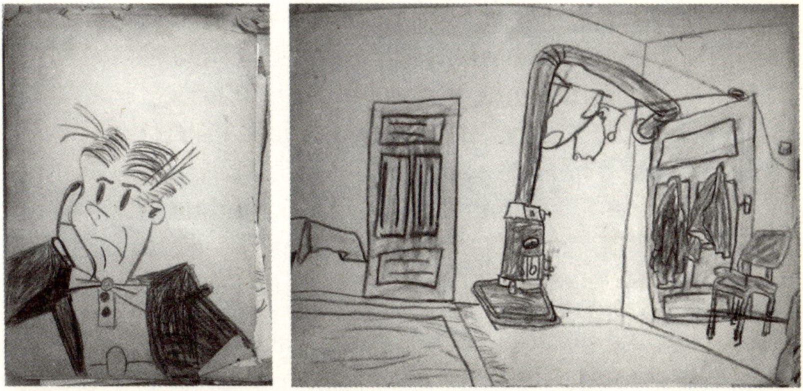

Babamın daireden getirdiği kağıtlara çizdiğim resimlerden. Soldaki, Fatoş'un Basri'si. Sağdaki, Pınarbaşı'ndaki evimizin oturma odası. Yaşım dört, beş.

Yok. Muhafazakar değillerdi. Atatürkçü memur ailesi. Solcu gibi de değillerdi. "Aman evde otur, başını belaya sokma" anlayışı vardı.

Eve başka dergi girer miydi?

Gazete alınıyordu. Milliyet okunurdu. Arada sırada da Günaydın. Haftasonları bir de Hürriyet..

Hayat, Ses filan gibi aktüel dergiler alınıyor muydu?

Ara ara değişik dergiler alınmış galiba. Bir ara 7 Gün müydü, Hey miydi, bir şeyler hatırlıyorum. Hayat dergisini orada burada gördüğümü hatırlıyorum ama düzenli alınmıyordu herhalde. Ama evde bir 'Hayat Hayvanlar Ansiklopedisi' vardı. Benim en sevdiğim kitap oydu. Ortaokula başladığımda eve Tübitak Bilim Teknik alınmaya başlandı. O zamandan beri de aksatmadan alıyorum. Ama, dönemin en popüler ansiklopedisi olan Meydan Larousse bizim evde yoktu. Misafirliklerde görürdüm, çok özenirdim. Misafirliklerde çok sıkılırdım, bir süre sabredip sonra dayanamaz olunca anneme "Kağıt kalem istesene" diye fısıldardım, kenarda oturup resim yapardım. Ama rafta ansiklopedi varsa anneme direk onu istetirdim, ansiklopedi okurdum. Yaz tatillerinde dedemlerde de kalırdık, dedemde bir takım Meydan Larrousse, bir takım daha eski Hayat Ansiklopedisi, bir takım da Sağlık Ansiklopedisi vardı. Bütün gün onları okurdum. Sonra lisedeyken biz de Ana Britannica Ansiklopedisi aldık. Hala kitaplığımın baş köşesinde, ama internetten beridir fazla açıp okumuyorum.

Babamın bir kitaplığı vardı. Burada hukuk kitapları vardı. Hepsi kanun kitapları. Zaten yarı Osmanlıca oldukları için hiç bir şey anlamazdım. Sadece bir tanesi resimli ve anlaşılırdı, 'Adli Tıp'. Çok korkunç ve iğrenç yerleri vardı ama onu da baştan sona defalarca okudum.

Makul Koca Memoşko, 2012 Uykusuz dergisi

Antep'te, ilk kez büyükçe bir şehirle tanışmış oldun. Bu hayatında nasıl bir farklılık yarattı?

Antep'e gidince, hayatım birden değişti. Tam yeni sosyalleşmeye başlayacağım yaşta, birden hiç tanımadığım, çok değişik bir ortama girmiştim. Sokak hayatım kalmadı.

İlk izlenimler nasıl oldu Antep'ten?

Antep'e gidince, büyük şehir tabi, apartmana yerleştik. Ablamlarla çok sevinmiştik "balkonlu bir evimiz oldu" diye... Pınarbaşı'ndaki müstakil evdi. Çocukluk işte. Hatta koridora bile sevinmiştik, anneannemlerin evde uzun bir koridor vardı, çok özenirdik.

Orada sokakta bir hayatım olmadı. Evden, beni zorla "sokağa çık çocuklarla tanış, oyna" diye dışarı gönderiyorlardı. Çıkıp, çocukların top oynadığı arsada, öylece kenarda duruyordum.

Utangaçlıktan mı?

Antep'te, ablamlar üniversiteye gittikten sonra sahip olduğum odam, 1987, Lise bir. Soldaki duvarda Rocky'ler, Rambolar ve Conanlar; sağdaki duvarda motosikletler ve yarış arabaları; kapının solunda Muhlis Bey, Avni, Snoopy ve çeşitli çizgi kahraman biblolar; kapının üzerinde Brooke Shields'ler; kapının sağında Red Sonja ve Cindy Louper. Daha sonraki yıllarda bunlara Samantha Fox'lar, Sabrina Salerno'lar falan da eklendi.

Evet utangaçlık. Ama belki de aslında, ortama girememek utangaçlığımı tetiklemiştir. Pınarbaşı'nda devam etseydim, belki daha normal olacaktım (ho ho).

Okulda bir iki yakın arkadaşım vardı ama bir de sürekli kavga ettiğim çocuklar vardı. Haftada iki üç kere kavga ediyordum. Okul benim için çok stresli hale geldi Antep'te.

Sana sataşıyorlar mıydı?

O zaman sataşıyorlar gibime geliyordu. Ama şimdi, normal el şakasını da, kavga diye algıladığımı düşünüyorum. Biri "n'aber lan" diye ittirince, "vurdu" diye kavga çıkartıyordum ama şimdi düşününce onların zaten birbirleriyle öyle şakalaştıklarını anlıyorum.

Daha sonra, lisede sınıfım değişti. Bu şekilde yeni

çocuklarla daha mesafeli, el şakası olmayan arkadaşlıklar kurabildim. Daha normal bir insan oldum. Kavgalı hayatım bitti. Bu yeni arkadaşlarla okulda dergi çıkarttık. Senede ancak bir sayı çıkan bir dergi... (ho ho). Derginin adı 'Özgürlük'tü. Logosunu ben çizmiştim. Bütün harfleri birbirine zincirlenmiş. Edebiyat Hocası gördüğünde "Evet, tam bir özgürlük asla olamaz değil mi" demişti, halbuki ben "Adı özgürlük ama aslında zincirlenmiş, gerçek değil sahte özgürlük" düşüncesiyle çizmiştim o logoyu, ama hocanın öyle anlaması daha iyi oldu tabi. Ondan başka, öğretmenler gününde öğretmenler dergisi, Atatürk'ün ölüm yıldönümünde Atatürk dergisi falan da yaptık.

Antep'te ne kadar kaldınız?

Lise bitene kadar, 10 yıl kaldık.

Sonra İstanbul'a ailecek mi geldiniz?

Hayır. Ben, üniversiteye, Mimar Sinan'ın sınavı kazanınca geldim. İlk geldiğimde anneannemde kalmaya başladım.

Utanmadan İddia Ediyorum, 2009 Uykusuz dergisi

Sonra yurt çıktı, yurda geçtim. Yurtta tanıştığım arkadaşlarla da eve çıktım. Hepsi üç dört ayda falan gerçekleşti. Bir sene sonra annemler de Antep'ten İstanbul'a geldiler. Ablam ve ben "sizin yanınıza gelmeyeceğiz" dedik. Ondan sonra yıllarca kavga ettik. İki üç ayda bir yanlarına uğruyordum ve ağlamalı bağırışmalı kavgalar ediyordum. Ama sonuçta yanlarına gitmedim, 17 yaşından sonra kendi hayatımı kurdum.

Baskıcı bir aile miydi?

Annem bayağı kontrolcüdür, babam da biraz kuralcıdır. Küçüklükten bende kalan his baskı görmekten çok, adam yerine konmamak herhalde. Bizde çocuğun söz hakkı sıfırdı. Kıyafet konusunda, yemek konusunda falan hep problem çıkardı. Misafirlikte falan bana bir şey sorulsa babam cevap verirdi. Belki de ben utanıyorum diye yardımcı olmaya çalışmıştır adam, hakkını yememek lazım, ama o yaşta çocuk öyle algılamıyor. Bir de sürekli gerginlik vardı. Evdeki hava bir psikolojik gerilim filmi gibiydi. Sürekli olarak, "ne olacak, nereden sorun çıkacak" diye beklerdim. Şimdi annemlere gittiğimde yine böyle oluyor. Ya da belki her yerde olan normal bir gerginliğe, ben çok hassasımdır. Şimdi kendi hayatımda, o gerilimi mümkün olduğu kadar giderdim. Gerilimi en az yaşayacağım kişiyle evlendim. Her şeyi konuşarak hallediyoruz. Bizde iğneleme, bağrışma veya surat asma yok. Ben belki bazen biraz surat asıyor olabilirim ama muhakkak meseleyi konuşurum, tatlıya bağlamadan bırakmam.

Bizde aile geleneğinde surat asma vardır zaten.

Evet. Türk ailelerinde "seni seviyorum" denmez. Çocuklara da denmez. Karı koca birbirine de demez. "Canım, tatlım" gibi bazı sıfatlar var ama bir duygu durumu ifadesi yok. Yani sinirlendiğinde sinirlendiğini söylemek, sevdiğinde sevdiğini söylemek, üzüldüğünde üzüldüğünü söylemek, bunlar bizde ayıp ve zayıflık göstergesi olarak görünüyor. Baba üzüldüğünü söyleyemez. Adam üzgün değilmiş gibi görünüyor ama halinde farklı bir durum var. Ama çocuk ve eş bu tavrın nedenini bilmiyor. Onlar da meraklarını ifade edemedikleri için bu tavrın ne olduğunu soramıyor. Bir iletişim kopukluğu yani. Yerli dizilerde oyuncular birbirlerine uzun uzun bakarlar ya... Bakışa bakışa karşı taraf anlasın isteniyor. Anlamayınca da bir bağırışmalı kavgaya dönüşüyor.

Kızgın ergen, Pişmiş Kelle, 1990

Peki aileden uzaklaştığında, annen ve baban seni sık görmemeye üzülüyorlar mıydı?

Üzülüyorlardı ama insan ergenken bunları pek önemsemiyor.

Ergenlik kavgası mıydı biraz?

Evet. Tabii ki ergenlik kavgası... Onlar bana "Aman evladım, gel burda kal, sıcak yemek var" falan diyorlar, ben "Siz bana zamanında şöyle yaptınız, böyle yaptınız" diye kavga ediyorum. Aslında o sırada hiç arayıp sorasım yoktu da, bazen, üç ayda bir filan, dergiden onlar bana ulaşıyorlardı. O zaman cep telefonu da yoktu. Sene 1989, 90.

Sonra yavaş yavaş, 20, 25 yaşlarında filan (ho ho) arayı düzeltmeye başladım. "Onlar da benim gibi insanmış" dedim, her şey için onları suçlamayı bıraktım. Ayda bir iki arayıp sormaya başladım.

Mimar Sinan'ın sınavlarına nasıl hazırlandın? Çok kişi

katılır, çok az kişi başarılı olur...

Limon'da çıkan amatör karikatürlerimden biri, 1989

Lise bittiği yaz, burada, Mimar Sinan'ın Mezunlar Derneği'nin hazırlık kursu'na gittim. Bir aylık kursun çizgime bir etkisi olmadı tabi ama sınavda ne tür sorular olduğunu falan öğrendim, o açıdan faydası olmuştur. Sonra Grafik bölümüne girdim. Devam etmediğim için de Grafik'ten iki sene sonra atıldım. Sonra Heykel'e girdim. Oradan da bir yıl sonra atıldım.

Yazı çizi işleri nasıl gitti bu arada?

Grafik bölümüne girdiğimde bizim sınıfta Tan diye biri vardı, yaşı biraz büyük. Karikatürden filan bahsediyor. Ben "Bu herhalde Tan Oral" dedim, Cumhuriyet Gazetesindeki karikatürist. Gittim yanına, "Sen Cumhuriyet'teki karikatürist misin?" dedim. Meğer ki Tan Oral değilmiş, Tan Cemal'miş. Cumhuriyet'te değil ama Limon Dergisinde espiriciymiş. Tabi o zaman daha da heyecanlandım, Limon'da çalışan biriyle tanıştım diye. Hayatımdaki ilk mizah dergicisi Tan Cemal'dir. Sonra beni Tan Cemal cesaretlendirdi, Limon'a karikatür götürmeye başladım. Karikatürlerim Limon'un amatör sayfasında çıkmaya başladı. Oraya bir kaç ay gidip geldim. Sonra Pişmiş Kelle'ye girdim.

Pişmiş Kelle'ye girişin nasıl oldu?

Limon'a gidip geldiğim sırada, yurttan arkadaşlarla çıktığım evde yaşıyordum. O arkadaşlarla her akşam çıkıp Köprüaltı'nda içiyoruz. Eski Galata Köprüsü'nün altı. Yan yana bir sürü birahane vardı orda. Bir tanesi de Kemancı'ydı. Sıraselviler'deki ünlü Kemancı'dan önce, Köprüaltı'ndaki asıl Kemancı. Diğerleri gibi birahaneydi ama adamın biri 'buraya gençler geliyor'a uyanmış. Sürekli rock müzik çalıyordu. Bizim gibi gençler oraya gidiyordu. Orada, bir iki sene içinde, gençlerin gittiği başka yeni mekanlar da açıldı. Tam köprüaltı bir gençlik mekanı olmak üzereyken bir yangın oldu, Galata Köprüsü yandı. Kemancı'nın sahipleri de gidip Sıraselviler'de aynı Köprüaltı'ndakine benzeyen 'Köprüaltı Kemancı'yı açtılar. Öbür taraftaki tayfanın çoğu bu tarafa da geldi. Bir iki yıl sonra da, Yine Sıraselviler'de, bir elli metre ötede, büyük Kemancı'yı açtılar. Bu defa birahane değil ama, çok büyük bir rock bar. Kitlesi de apayrı. Ben sonraki ikisine alışamadım. O ilk, Köprüaltı'ndaki Kemancı'nın müdavimiydim. Orada bir arkadaş çevresi edindim.

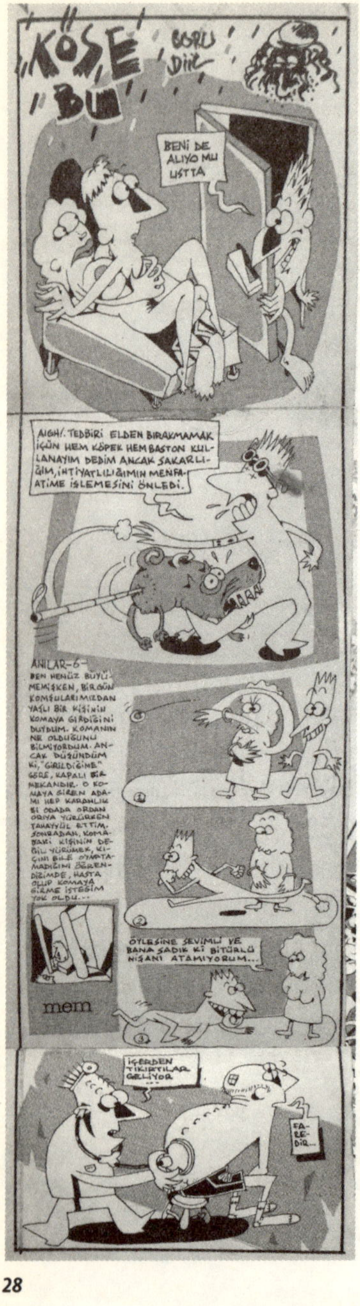

Bunların arasında, benim, eve çıktığım arkadaşların okuldan tanıdıkları biri vardı. Adı İskelet. Tabi adı başka birşey de, herkes ona İskelet diyor. Ben de şimdi gerçek adını hatırlamıyorum. İskelet Pişmiş Kelle'de çalışıyordu, espiriciydi galiba. Bir gün bana "Pişmiş Kelle'ye gelsene" dedi. Ben o zamana kadar Pişmiş Kelle'ye gitmeyi pek düşünmemiştim. Pişmiş Kelle yeni çıkmıştı ve daha çok amatör gibi çizerler çalışıyordu orda. Aslında Gırgır'a ya da Limon'a girmek istiyordum. İskelet bana "Gel, Pişmiş Kelle'ye gir. Köşen olur. Olmazsa da ordan diğer dergilere devam edersin. Kimse 'bu adam amatör' demez" dedi.

Haklı çıktı mı?

Evet. Gerçekten de öyle oldu. Bir kaç karikatür götürdüm, Engin Abi (Ergönültaş) baktı işlere. Beğendi, "Gel başla" dedi. Sonra bir de baktım 'Memo' başlıklı bir köşe olarak yayınlamışlar benim karikatürlerimi. Herkes bana Memo diyordu o sırada. Ev arkadaşlarım solcu çocuklardı, Devo, Gürko, Ramo ve Mongo.

Ben de Memo. Limon'a götürürken karikatürlere 'Mehmet Çilingir' diye imza atıyordum ama o Pişmiş Kelle'ye götürdüğüm karikatürlerde yer dardı, 'Memo' yazmıştım imza olarak. Orda da kimse gerçek adımı bilmiyor, köşenin başlığı olarak Memo yazmışlar.

Memo Tembelçizer, Pişmiş kelle, 1990

Memo köşesini görünce çok sevindim. "Öbür dergilere mi gitseydim" tereddütüm bitti. Köşe sahibi olmak, karikatür dışında şeyler yapmak için bir alan sağlıyor. Köşenin içinde, küçük, güzel başlıklar yapılabilir, minik yazılar yazılabilir, karikatür dışında minik komiklikler yapılabilir, çok kendine özgü bir dünya yaratılabilir. Tek karikatür yaptığım zaman sadece espri düşünmüş oluyorum. "Acaba hangisi girecek, yalnızca biri mi girecek? Bu hafta girecek mi, girmeyecek mi?" diye düşünüyorum. Derginin içine karikatür çizmek, amatörlükten bir adım fazlası olacaktı. Ama köşe olunca, amatörlükten bayağı daha ileri oldu. Onunla ilgilenmeye başladım.

Sonra isim koydum 'Köşe Bu' diye. O da şuradan çıktı. Komiklik olsun diye karikatürün arka planına çizdiğim şeylere 'Masa Bu', 'Duvar Bu' gibi yazılar yazıyordum. Köşeye isim vermek söz konusu olunca 'Köşe Bu' oluverdi. Tam adı: "Köşe Bu – Boru Değil"

Pişmiş Kelle'de Cengiz'le

Memo Tembelçizer, Pişmiş kelle, 1990

(Üstün) arkadaş olduk. Hep beraber takılmaya, hep çizgi konuşmaya başladık. O sırada Cengiz 'Duka Film'i çizmeye başladı. Yamuk yumuk çizgiler ve absürt espirilerle yapılan bir Türk Sineması parodisi. Çizgisindeki o bilinçli deformasyonu çok sevdim.

Sonra Köşe Bu'nun içinde Memo Tembelçizer diye bir bant tip yaptım. İsmini Hasbi Tembeler'den esinlenmiştim. Yani Memo Tembelçizer aslında tipin adı. Daha sonra Bülent (Üstün) 'Bunu imza olarak kullansana, Tembelçizer soyadın olsun' dedi, Memo Tembelçizer böylece benim ismim olmuş oldu.

Engin Ergönültaş'ı bizim kuşak çok sever. Zalim Şevki bizim kuşağın kült bandıydı. Mikrop da çok güzeldi. Romanı da beğenildi.

Ben daha Gırgır bile okumazken Mikrop'u ilkokul birde, ikide filan hep bayide görürdüm. Ne olduğunu bilmiyordum. Maskot tipini görüyordum, çok kıllı mıllı, çatık kaşlı ve sırıtan bir mikrop. Biraz korkunç gözükürdü bana o yaşta. Teyzemlerde okuduğum Gırgır'lardan Zalim Şevki'yi biliyordum, okuduğumda çok sevmiştim. Yine çok sertti, bütün karakterler sürekli kötülük ve entrika peşindeydi, ama çok da eğlenceliydi. Sonra benim asıl dergi okuduğum dönemde Engin Abi Fransa'daymış, o yüzden okur olarak ben çok iyi bilmiyorum Engin Abi'yi. Hatta ilk Türkiye'ye dönüp tekrar öyküler çizmeye başladığında 'ben bu çizgiyi bir yerden tanıyorum ama nerden tanıyorum' diye kafa yorup 'Aaa, Zalim Şevki'nin çizgisi!' diye sevindiğimi hatırlıyorum. Sonra kendisini Pişmiş Kelle'ye girince tanıdım.

O dönemde Pişmiş Kelle'de kimler vardı?

Engin Abi ile Behiç Pek vardı. İlk sayılarda Necdet Şen, Kemal Gökhan ve Sencer gibi isimler de vardı ama onlar çabuk bıraktılar. Onun dışında sadece benim gibi işe yeni başlamış genç çizerler vardı.

Pişmiş Kelle'den yetişenler arasında kimler var?

Cengiz var, ben varım. Otisabi (Yılmaz Aslantürk) var. Oky var. Gerçi Oky Salata'da başlamış, Pişmiş Kelle'den önce eski Gırgır'da, Limon'da filan da çizmişliği var, ama yine de Pişmiş Kelle çıkışlı sayabiliriz onu da.

Bütün dengeler yolunda giderken Ertuğrul Akbay, Gırgır'a el koydu. Sonra ne oldu?

Evet. Tam İstanbul'a geldim, o sene Akbay olayı oldu. Ertuğrul Akbay, Gırgır'a el koydu. Böylelikle, günün birinde Gırgır'da çizme hayalim vardı, o gitmiş oldu. Oğuz Aral, Avni'yi çıkarttı ve

Hiç yıkamadığım pardesümle, Pişmiş Kelle ofisinde, 1990

bütün ekip oraya gitti. Akbay olayından bir altı ay kadar önce, Hıbırcılar da Gırgır'dan ayrılmışlardı. Çok önemli olmayan birkaç kişi Akbay'la kaldılar. O sırada kargaşa oldu, insanlar bir dergiden diğer dergiye geçtiler.

Genç bir mizahçı olarak, İstanbul'a nasıl bir havayla geldin?

Ben çocukluğum boyunca hep sabrettim. Lafımın dinlenmemesine sabrettim. Zorla yemek yedirilmeye sabrettim. Saçımın kesilmesine sabrettim. Okul formasına, kıravata, gömleğe sabrettim. Evdeki strese, okuldaki strese sabrettim. Gün gelecek, lise bitecek, ben tek başıma yaşamaya başlayacağım. İşte o zaman herkese haklılığımı kanıtlayacağım. Hayatımın kontrolü bana geçecek, her şeyi kendi istediğim gibi yaşayacağım diye sabrettim... Lise biter bitmez bütün bu sabrettiklerimin hepsini hayatımdan çıkardım. Okulun da ailenin de toplumun da dayattığı bütün kuralları bıraktım. Saçımı sakalımı uzattım. Tırnaklarımı kesmedim. Yıkanmayı bıraktım. Kıyafetlerimin üzerine resimler çizdim, yazılar yazdım. Bir pardesüm vardı, yaz kış hep giydiğim. Sırtında 'Ne baktın bilader' yazıyordu. Ama hiç yıkamayıp çöp içinde yaşadığım için yazı da okunmaz durumdaydı. Bütün parmaklarımda yüzükler vardı, hepsi de cildimi boyadığı için ellerim yemyeşildi. Yatağa yatarken, değil pijama giymek, pardesümü ve ayakkabılarımı bile çıkartmayı bıraktım. Bütün normal hayat standartlarının hepsini bıraktım. Bunların gerekli olanlarını, 20 senede, ihtiyaç hissettikçe tekrar edindim. Mesela artık yatağa yatarken ayakkabılarımı çıkartıyorum (ho ho)...

İşte durum böyleyken, yani her şeyi bırakmışken, Pişmiş Kelle'de, Memo Tembelçizer diye kendimi tip olarak çizmeye başladım. Tembelliğin ve pisliğin aslında ne kadar iyi ve

Memo Sünnet oluyor. 'Küçükken neyi ne sanırdım' tadında otobiyografik öyküler. 1990, Pişmiş Kelle.

erdemli ve de faydalı bir şey olduğun anlatan küçük espriler... Mesela karanlık sokaklarda Memo yürüyor, silahlı biri karşısına çıkıp eller yukarı diyor. Memo ellerini kaldırınca soyguncu koltuk altı kokusundan bayılıyor. Ve sonunda eteğini öpüyorlar sen büyüksün diye (ho ho)... Birinin eline bant yapışıyor, bir türlü kimse çıkartamıyor. Memo'nun tırnağı uzun olduğu için o bandı çıkartabiliyor. Öpüyorlar eteğini filan.

Okula ısındın mı?

Biraz önce söylediğim gibi, İstanbul'a çok büyük beklentilerle geldim. "Artık büyüdüm. Kendime süper bir hayat kuracağım" diyordum. Ama baktım, üniversitenin de liseden o kadar da farkı yok. Devam zorunluluğu falan çok canımı sıktı. Okula ısınamadım. Ama mizah dergileri beni çok cezbetti. İlk önce Limon'un mekanını gördüm. Bütün duvarlara cizimler yapmışlar, küfürler yazmışlar. Yerlerde,

Pişmiş Kelle, 1990. Solda Yaşar Arak, sağda Faruken Bayraktare.

masaların üstünde uyuyorlar filan. Bayağı kuralsız bir ortam. Bunları görünce, "Tamam, ben karikatürist olacağım" dedim.

Sonra, biraz önce anlattığım gibi, Engin Abi işlerimi beğenince Pişmiş Kelle'ye girdim. Ben girdiğim sırada dergiye alınan günlük gazeteler bir problem yüzünden hiç atılmıyordu. Bütün ofisin zemini bir karış yüksekliğinde gazete kaplıydı. Herhangi bir yere yatılıp uyunabiliyordu. Faruk (Faruken Bayraktare) vardı, sürekli ortada birtakım komiklikler, çok saçma seylerin çok başarılı taklitlerini falan yapıyordu. Çorap taklidi, beyin taklidi falan. İlk başta çok utangaç olduğum için bana da çok sataşıyordu, çok hoşuma gidiyordu, ben de onlardan biriyim diye. Orda aşık oldum mesleğe.

Engin Ergönültaş o sıralarda kaç yaşlarındaydı?

Sözünü ettiğim tarih, 25 yıl öncesi... O zaman her halde 40'larındaydı.

Nasıl biriydi sence?

Sakin, sosyal ilişkilerde kontrollü ve yönlendirici. Odasına başka niyetle girersin. Başka niyetle çıkarsın (ho ho).

Engin Abi'nin çevresinde büyük bir efsanesi vardı. İşte, süper işler çizmiş, gitmiş Fransa'da dergilere çalışmış, falan. Ben kendisini ancak 90'lı yıllarda tanıdım. Ben ilk gördüğümde normal, amca gibi bir adamdı. Ama şimdilerde eski fotoğraflarda görüyorum, 70'lerde, o tayfa içinde farklı bir adammış gerçekten. Ben de işte, gençken anlattığım gibi biriydim ama şimdi bana da baksalar 'amcanın teki' diye düşünürler (ho ho). Meslekte karşılaştığım ilk editör ve usta çizer olarak bugün bile hatırladığım ilk mesleki nasihatlerimi Engin Abi'den aldım.

Peki Pişmiş Kelle'nin sonu nasıl geldi? Fena bir dergi değildi. Yıllarca yayın hayatını sürdürdü.

Şimdi Engin Abi'nin niyetini çok kestiremiyorum, kadronun çoğu benim gibi, çizerliğe yeni adım atmış çizerlerden oluşuyordu. Belki sıfırdan adam yetiştirmek istiyordu. Ama biraz işi öğrenip 'Ben de yaparım' hissiyatına kapılan, başka dergiye gidiyordu zaten. Derginin, yeni gelen bir adama basamak oluşturma gibi bir işlevi oldu bu şekilde.

Fakat tabi dergide ortam Oğuz Aral'ın Gırgır'ı gibi fazla kuralcı olmadığından, herkes kendi köşesinde kafasına göre takılabiliyordu. Çizerler o özgürlük ortamında kendi özgün dünyalarını daha rahat yansıtabiliyorlardı. 'Eski Pişmiş Kelle çok güzeldi' diye bir efsane var. Çok iyi bir dergi olmasından çok, yeni çizerlere böyle bir ortam sağladığı için önemliydi.

Kelle'de Cihangir Günlüğü diye bir bant vardı.

Evet Erdoğan Dağlar...

Şunun için söyledim. Bir sürü insan onun öykülerini çok sevdiğini söylüyordu. Ben de çok beğenirdim. Ama devamını getirmedi. Sanıyorum geçen yıl (2014) çalışmaları Uykusuz Çizgi Roman Klasikleri arasında basıldı. Aslında çizgi sektöründe çok sayıda çizer, bir süre sonra işi bırakıyor. Ciddi bir sirkülasyon var. Bir sürü yetenekli adam yitip gitmiş gibi...

Evet. Her dönemde bırakıp giden adamlar oluyor. 20 sene aynı şeyi çiziyorsun, mutlaka bir yıpranma oluyor.

Bir de şu var: Okur çok genç. Mizah dergilerini ortaokulda almaya başlayıp, üniversitede almayı bırakan bir okur kitlesi var. Peki ben, 40 yaşından sonra onlara nasıl hitap edeceğim? Genç taklidi mi yapacağım? O zaman sahte oluyor. Gerçek duygularınla bir şey yaptığın zaman, o da ona hitap etmiyor. O yüzden, aslında, çizerlik yaşı futbolculuk yaşı gibi 35'te bitiyor. Bu meseleye Türkiyedeki çizgi ortamında sistemsel bir çözüm oluşabilmiş değil. Fransa'da çizgi roman fuarına gitmiştik, bir derginin imza gününde baktım, bütün çizerler altmış yetmiş yaşlarındalar. Bizde bir çizer yetmiş yaşına gelene kadar kendisinden sonra gelen beşinci kuşak bile unutulmuş olur.

Bizim kuşaktan yaşı 40'ı geçmiş olan beş, altı kişi var. Emrah (Ablak) var. Bülent var, Cengiz var, Oky var. Ben varım. Belki birkaç kişi daha çıkar ama... 50 yaşında faal çizer bulmak çok zor. Ha, Otisabi ellinin üstünde olması lazım, o ikinci baharını yaşıyor.

İnsan tüketen bir süreç var gibi.

Evet. Bu sürecin birincisi, popülerlikle ilgili tarafı var. İnsan önce popüler olmak istiyor. Çabadan sıkılıyor sonradan. Ben de hayatımın bir döneminde böyle bir hisse kapılmıştım. "Bunlarla mı uğraşacağım? Benim derdim bu değil ki..."

diye. Popüler olmak, güzel. Bu inkar edilemez. Popüler olmak için çaba harcanır ama insan tüm gücünü buna adadığı zaman, bir şeyler yanlış gidiyor demektir. İnsan popüler olmayı hayatının merkezine koyduğu zaman yanlış yapıyor. Çünkü popülerliği hayatının merkezine koymuş adamın gün gelip ister istemez popülerlikten düşmesi, kendini konumlandırma zorluğu yaratıyor. O şekilde de piyasadan giden çok adam oldu.

1990, Pişmiş Kelle'nin birinci yaşı için fotoğraf çekilirken. Sağda Engin Abi'nin sırtı.

Bir de ikincisi, olayın şu tarafı var ki, artık tirajlar çok düştü. Piyasa Gırgır zamanlarındaki kadar geniş değil. 300 bin satan birkaç dergi varken hem irili ufaklı bir sürü çizere ihtiyaç oluyordu, hem de dergiler onları geçindirecek para sağlayabiliyorlardı. Şu an dergilerin toplam tirajı ancak 100 bin. Pek çok çizerin meslekten uzaklaşmalarının bir sebebi de bu.

Ertuğrul Akbay'ın darbesinden sonra Gırgır'a gelen amatör gençlerin henüz popüler olmak gibi bir durumları yoktu değil mi?

Benim hatırladığım durum şöyleydi: Akbay oraya el koyduğunda, eski Gırgır'daki kadronun hemen hemen tümü ayrıldı. El koymadan önce, Horoz diye bir dergi hazırlatmıştı.

O Horoz'un amatör ekibi, Pişmiş Kelle'dekinden daha da amatördü. O ekibi oraya aldı. Onlara çizdirmeye başladı. Çok para vererek birkaç başka genci de oraya çekti.

Ben de Hıbır'dan ayrılıp Gırgır'a geçen bir ekiple birlikte Pişmiş Kelle'den ayrılıp Gırgır'a geçtim.

Gırgır'ın içerisinde muhalif ve marjinal bir hava yoktu herhalde.

Evet, evet... Tabii... Ertuğrul Akbay'ın mizahla uzaktan yakından hiç alakası yok. Ama özgüveni müthiş, hiç bir ortamda, onu bozmak mümkün değil. Her şey üzerinden sekiyor. Tipi de Cüneyt Arkın'a benziyor zaten, her an Malkoçoğlu gibi dimdik duruyor. Hiç bir laftan, hiç bir itirazdan, hiç bir abeslikten etkilenmiyor. Onun bu hali, ortamı çok saçma bir hale getiriyordu. Saçma adamlar alıyordu, gelip saçma şeyler söylüyordu. Ve o şekilde Gırgır'ı devam ettirdi.

O sırada Özal iktidardaydı ve Özal, Ertuğrul Akbay'ı çok severdi. Niye sevdiğini de hiç anlamazdık. Zaten, orada kalan çizerlerin bir politik iddiası da yoktu. Ben de çok gençtim. Öyle bir politik durum hatırlamıyorum. Bir dayatma olmadı. Belki de, onun politik etkisi, Oğuz Aral'ın Gırgır'ını yok etmek olmuştur (ho ho). Yoksa, 'içeriği şöyle yap, böyle bir yayın politikası yürüt' gibi bir baskı olmadı.

Ama marjinallik açısından, Faruken Bayraktare var mesela. Pişmiş Kelle'den önce Akbay'ın Gırgır'ındaydı. Akbay konuşurken amuda kalkıp dinleyen bir adam. Faruk amuda kalkıyor, Akbay hiç bir şey olmamış gibi anlatmaya devam ediyor. Gayet marjinal bir ortam aslında.

Gırgır el değiştirince satışlar ne oldu?

300 binden 30 bine düştü. Ben geldiğimde 60 bindi.

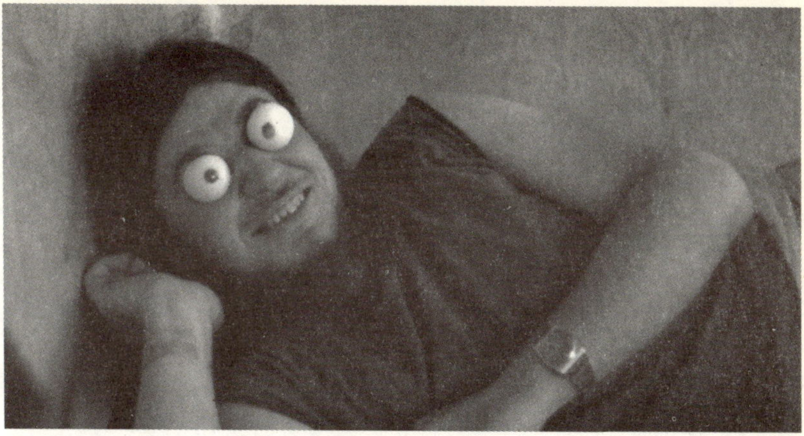

Hayatımın kontrolü nihayet bende. 1991, Harbiye

İki sene içinde böyle bir düşüş oldu. Ama, Avni ve Hıbır'ın satışları da başta iyiydi. İlk çıktığında Hıbır 300 bin satıyordu. Avni'nin tam satış rakamını hatırlamıyorum. Ama iyi satmış olmalı. Sonra, takip eden yıllar içinde hepsi birlikte istikrarlı şekilde tiraj kaybettiler.

Akbay olayından sonra sadece Limon başarılı oldu.

Pişmiş Kelle'den ayrılman nasıl oldu?

Hıbır'dan bir grup çizer ayrılmıştı. Kendileri dergi yapacaklardı ama sonra bundan vazgeçtiler. 'Gırgır'ı adam edelim' diyerek Ertuğrul Akbay'ın yanına gittiler. Bir atılım yapmaya çalıştıkları için dikkat çeken genç çizerlerden de çağırmayı düşünmüşler, beni de çağırdılar. Ekipte, Doğan Güneş, Abdülkadir Tamer, Ufuk Gürgenç, Eda Oral, Gülay Batur, Gürcan Özkan gibi çizerler vardı. Bir de o grubun içinde Bülent Üstün vardı. Cengiz'in kardeşi. Gırgır'da tanışıp yakın arkadaş olduk.

Mizaha ve çizmeye ilk başlayan Cengiz Üstün mü, Bülent Üstün mü?

Köşe Bu, Gırgır, 1990 civarı.

İkisi birlikte başlamışlar. Onlardan dokuz on yaş büyük bir abileri var. O eve mizah dergisi getirirmiş. Gırgır, Çarşaf filan okuyormuş. Oradan çizerliğe merak sarıyorlar. Çarşaf dergisinde, Raşit Yakalı'nın hafta sonları ders verdiği 'Çarşaf Karikatür Okulu'na gidiyorlar. İlk çalışmaları o şekilde Çarşaf'ın amatör sayfalarında çıkıyor. Sonra da Cengiz, Pişmiş Kelle'de, Bülent Hıbır'da çizmeye başlıyor. Sonra, Gırgır'a gidenlerle birlikte Bülent de Gırgır'a giriyor. Gırgır'a beni de çağırdılar. O dönem Pişmiş Kelle'den bayağı az bir para alıyordum. Stajyer maaşı gibi, cüzi bir şey. Onun iki katını verdiler. Ben de, Engin Abi'ye gittim. Durumu anlattım.

Köşe Bu, Gırgır, 1990 civarı.

"Biz daha fazla para veremeyiz" dedi. Tabi para büyük etken ama şimdi düşünüyorum da sırf çağırılmak, adam yerine konulma hissi bile diğer tarafı seçmek için yeterli etkenmiş. Ben de Gırgır'a gittim. Orada, Bülent ile arkadaş olduk.

Pişmiş Kelle, elindeki çizerleri yavaş yavaş bu şekilde kaybetti. Ben daha ilk senedeyken, Engin Abi'nin eski işleri, ikinci, üçüncü kere dönmeye başlamıştı. Kapanmadan önce, 16 sayfanın neredeyse 10 sayfası eski çizgilerle çıkıyordu. O hale gelince çizerler de orada çalışmak istemiyor tabi.

Sen bu arada bağımsızlığını ilan ettin.

Evet. Nerede sabah orada akşam durumdayım. Üç ay evsiz kaldım mesela. Evden atılmıştım. O da şöyle oldu: Yenikapı'da, ablamla birlikte bir ev tutmuştuk. Bu arada, ben, her akşam Köprüaltı'na gidip geliyorum. Ablam da geliyor ama o benim gibi kendini kaybedecek kadar içmiyor. Onun da arkadaşları var ama biraz takılıp gidiyorlar. Ben kalıyorum. Gece sona kalan bütün sarhoşları alıp eve getiriyorum. Sonra ablam isyan etti. "Bu ne böyle ben burada yaşayamayacağım" dedi ve gitti.

Ev bana kaldı. İki kişi de benimle beraber kalmaya başladı. Yani konuşup anlaşarak değil de kendiliğinden. Her gece gele gele kendi evleriymiş gibi kalmaya başladılar. Sonra, bir gün, eve bir gittim, kalan iki kişi, birbiriyle kavga etmiş. Olay çıkmış. Biri diğerini kovalamış, eşyaları üstüne atmış. Kapı pencere kırılmış. Olay çıkınca bana ulaşamamışlar, ev

Köşe Bu, Gırgır, 1990 civarı.

sahibine ulaşmışlar. Evsahibi ben yokken eve gelmiş. Kendisi eczacı bir hanım. Biraz kafa yapan bir öksürük şurubu vardı o zaman, ev onların boş şişeleriyle dolu. Eczacı ev sahibi bunları görmüş. Ben dergideyken telefon etti. "Ben öğretmen çocuğusunuz diye o evi kiraladım" dedi. "Evi eroinman evine çevirmişsiniz. Üç gün içinde çıkacaksınız."

Evsiz kaldın yani...

Evin önünde bir park vardı. Üç gün sonra, eşyalarımı oraya yığdım. Eşyalar dediğim de bir çekyat, bir masa. Bir kitaplık. Kutular mutular. O sırada, Bülentler, Gaziosmanpaşa'da aileleriyle yaşıyorlardı. Evleri bahçeli bir göçmen eviydi. Aynı Bursa'daki amcamların, babaannemin evi gibi. Anneleri de babaannemin aynısı zaten. "Bunları bizim bahçeye koyalım" dediler. Bir kamyonla, onları, Bülentler'in bahçeye götürdük. Eşyalar üç ay orada kaldı. Ben de evsizim. Köprüaltı'na gidiyorum. En son birahane kapanırken biri beni çağırırsa, gidip onun evinde kalıyorum. Çağırmazsa dergiye gidiyorum. Dergi kapalıysa, sabaha kadar sokaklarda dolaşıyorum. Cağaloğlu ile Ortaköy arasında sabaha kadar üç tur atılabiliyor. Tanıdık iki, üç kişi var. Her turda onlara uğrayıp zillerini çalıyorum "alırlar mı beni" diye. Evde bulamadığım arkadaşımın balkonuna tırmanıp balkonda uyuduğum da oldu. Apartman aydınlığında duvara yaslanmış bir kalasın üzerine yattığım da oldu. Üç ayı öyle geçirdim. Üç ayın sonunda, Bülent ve Cengiz ile birlikte ev tuttuk. Benim eşyaları da getirdik. Sonra bir daha evsiz kalmadım çok şükür.

Sonra Bülent ile takılmaya başlayınca, iyice dağıttım. Dergiye ayık gelmiyorduk, hep kafamız güzeldi (ho ho). Çok acayip giyiniyorduk. Bende yaz kış pardesü, üzerine resimler çizmişim, yazılar yazmışım. Saçlarım yıkanmamak yüzünden topak topak dolaşmış. Bülent'in saçlar sabunla kirpi gibi dikeltilmiş. Postalın üstüne şort giymiş. Her yerine çengelli iğneler takmış. Çok şekilliyiz ama çok pis ve çok döküntüyüz. Punk'çı gibiyiz ama tinerci de gibiyiz, hangisi olduğu tam anlaşılmıyor. Bülent yine kirpi saç falan, daha punk da, ben

Ben Bir Eşşeğim, 2005, Lombak

1991, Harbiye. Pardesü aynı pardesü. Gözlükleri komiklik olsun diye takmışım

tek başımayken sokakta yatıp kalkan gerçek bir deli gibiyim. Bir de punk müzik grubumuz var 'Testis' isminde. Ben çok kötü bas çalıyorum, hatta çıktığım tek konserde çok sarhoş olduğum için sahnede yatıp uyudum. Şarkılarımız da 'Dinazor T.şşağı' 'Enene Menene Koyayım Nenene' 'Sen Osmanlı Çocuğusun da Ben .rospu Çocuğu muyum' 'Hepimiz Aynı Bokun İçindeyiz' falan.

Gençlik işte, sarhoşluğun, kendini kaybetmenin dibine vurdum. Kafayı üşütmenin de kıyısına kadar geldim. Algımın kapılarını genişleteyim derken duvarlarını yıktım, çatı tepeme çöküyordu neredeyse. Cengiz daha düzenli bir insandı ama Bülent ile sert takıldık. Bülent, hala, öyle takılmayı sever. O hayatı kaldırabiliyor. Belki eskisi kadar değil ama yaşamın uç noktalarını seviyor. Ben o uç noktalara bir gidip gördüm, sonra akıl sağlığımı koruyabilmek için geri döndüm. Artık kendimce başka türlü, daha soft uç noktalara gidiyorum, motosikletle moğolistan turu falan yapıyorum mesela.

Testis grubu için albüm kapağı çalışması.

Tabi şu da var ki ne kadar kafam güzel olsa da her hafta işimi çizdim. Ellerim titreye titreye ne çizdiğimi bilmeden köşe yetiştirdiğim oldu. Hayat ne durumda olursa olsun, iş daima önce gelir. Bu hafta çizmeyivereyim gibi bir gevşeklik bende de, Bülent'te de, piyasada da kesinlikle yoktu o zamanlar.

Gırgır'da ne kadar kaldın?

Beş sene... O yaşta, tabii, insana çok uzun geliyor. Ömür boyu Akbay'a mahkum oldum diye çok kötü hissediyordum. Evde Bülent'le ve Cengiz'le sürekli çizgi ve dergi konuşuyorduk, hep bir atılım yapmak istiyorduk. Fakat Akbay'ın yönettiği bir mizah dergisinde mesleki bir heves yürütmek mümkün değildi. Zaten Hıbır'dan gelen ekipteki bir sürü çizer de kısa sürede vazgeçip ayrıldılar. Ben de kendi

Bülent Çizmiş, 1990, Maçka Mezarlığı'nda içiyoruz. Arkada Bülent, muz likörünü kafaya diken ben, önde boğuşanlar Timur ve Deniz.

kendime değişik çizgiler, öyküler çizmeye çalıştım. O dönemki öykülerimi seviyorum aslında, mesaj kaygılı, karamsar ama yine komik öyküler. Bir taraftan da, kafam güzel olduğu için, çok yanlış şeylere de girdim çizgide filan. Sonra kafam açılınca doğru yolu tekrar buldum.

Bülentler'le tuttuğumuz ilk ev Harbiye'deydi. Cengiz ve ben 18 yaşındayız, Bülent 16. Cengiz Avni'de çiziyor, Bülent'le ben Akbay'ın Gırgır'ındayız. Ev sekizinci katta, asansör yok. Hiç eşyamız yok. Bülent bir tane 37 ekran televizyon getirdi, gece karşısında yerde oturup Tutti Frutti seyrediyoruz. Muz likörü, rakı, bira, cin, ne bulursak karıştırıp içiyoruz. Muz kabuğu, çay falan sarıp içiyoruz, belki kafa yapar diye. Elektrik sobasının üstünde makarna pişirip kartondan yaptığımız kaşıklarla yiyoruz. Artanı, arttığı yerde kalıyor, küfleniyor, çürüyor, bulamaç oluyor. Her yer çöp. Kocaman bir salon vardı, salonun her yerinde çöp tepeleri vardı. Oturduğumuz yerden kapıya ve pencereye patikalar vardı sadece. Yıllar sonra yazdığım 'Biraz da Yiğrenelim' öykülerinde bu evi ve o hayatı çok anlattım. Eve yine ordan burdan çeşit çeşit insan girip çıkıyor. Eve bir geliyoruz, tanımadığımız on tane adam. Ama normal

geliyordu yani bunlar bize, "bu ne, ev tanımadığımız adam dolmuş, çöp dolmuş" demiyorduk.

Sonra Kazancı Yokuşu'na taşındık. Ordaki ev, Harbiye'dekinden beterdi. Tuvaletinden yılan çıktı. Her yeri sümüklüböcek bastı. Uyurken üzerimde dolaşıyorlardı, sabah uyanınca üzerimde parlak izlerini buluyordum. O sırada Cengiz, "ben sizinle çalışamıyorum" deyip, başka bir arkadaşının yanına taşındı. Bülent'le ben de 'alkolik ve keş' gibi takılıyoruz (ho ho). Ama Cengiz sonunda, Mimar Sinan'ın grafik bölümünü bitirdi. Ben grafikten de heykelden de atıldım.

Cengiz ayrılınca, Bülent ile bir süre daha takıldık. Daha sonra Bülent, önce Gırgır'dan ayrılıp Hıbır'a geçti. Sonra

Biraz da Yiğrenelim, Lombak, 2002. Mantarlı sosla pişirilmeyi hayal ederken tuzsuz pişirilip bir kenarda küflenmeye bırakılan makarnanın hazin öyküsü.

(....) Mutfak bir zindandı... Mutfak bir tımarhane, mutfak bir cüzzamlılar koğuşuydu... Aylardır birikmiş atılmayı bekleyen yedi sekiz tane battal boy çöp torbası, tezgahla kapı arasında patika kalacak şekilde iki tarafa yığılmıştı. Tezgahin üst tarafındaki dolap bir kapağı açık halde örümcek ağıyla kaplanmıştı. Tezgahın üstü, yukarıdaki dolaba değecek kadar yüksek, üzeri toz bağlamış, korkunç bir bulaşık yığınıyla kaplıydı. Yığından iniltiler yükseliyordu. Çünkü yığın, kendisi gibi yarım bırakılmış, kurumuş, küflenmiş, çürümüş yemek artıklarıyla dolu bir yaşayan ölüler mezarlığıydı. Bir tavanın içindeki küflü menemen sessiz sessiz ağlıyor, kuruyup tabağın dibinde bir tabakaya dönüşmüş çorba kendi kendine mırıldanıyor, tıkanıp suyla dolan lavaboya baş aşağı düşmüş ve üst tarafı yeşermiş alt tarafı beyazlaşmış ekmek ise sadece hırıltılar çıkarıyordu (...)

1992, Kazancı yokuşu. Solda cengiz, aynayı tutan Bülent, aynada ben.

1992,
Kazancı yokuşu.

sevgili yaptı, kızın yanına taşındı. Ben yalnız başıma kaldım.

Senin için çok sıkıcı olmuştur

Depresyona girdim.

Nasıl kurtuldun?

Bir gün eski Gırgır'cılardan Gürcan Özkan beni aradı. 'Sabah Gazetesi'nde iş var. Çalışır mısın?' dedi.

O arada sen ne yapıyordun?

Gırgır'a çiziyordum.

Ağır bir depresyon mu geçirdin?

1992, Kazancı yokuşu. Cengiz beni fal açarken çizmiş.

1992, Kazancı yokuşu. Bülent beni dururken çizmiş.

1993, Eski Memo, sıkıntı içinde.

1994, Yeni Memo, hâlâ sıkıntı içinde.

Yok o kadar değildi. Şöyle bir depresyon. Bülent Hıbır'da, Cengiz Avni'de. Hıbır da Avni de henüz iyi dergiler o zaman. Ben Akbay'ın Gırgır'ında sıkışıp kalmışım. Evde de terkedildim. O dönem de özel televizyonun ilk başladığı dönem. Televizyonun karşısında, kanepede uyuyorum. Akşama doğru uyanıp hiç kanepeden kalkmadan kumandayla Bülent'in getirdiği 37 ekran televizyonu açıp beş tane film, on tane dizi seyrediyorum. Komiser Kolombo, Mc Millan ve Karısı filan gibi diziler. Ondan sonra sabaha karşı televizyonu kumandayla kapatıp uyuyorum. Bütün hafta böyle geçiyor. Sonra bir akşam "niye ben böyle yalnız kaldım" diye ağladım. Olayın depresyon kısmı orada bitti. Liseden sonra kurduğum bu Memo formatının çalışmadığına, hayatımı değiştirmem gerektiğine karar verdim. Saçımı sakalımı kestim. Televizyon seyretmeyi bıraktım. Kendimi çalışmaya verdim. Boş oturduğumu farkettiğim anlarda hemen kalkıp kağıt kalem alıp bir şeyler çizmeye başladım.

O dönemde tesadüfen Gürcan Özkan, Sabah'ta bana bir iş buldu.

Gürcan'ın Sabah'ta bulduğu nasıl bir işti?

Gürcan Özkan, sağ olsun, bana durduk yerde iş buldu. Bana "güzel çizgilerin var. Orada burada sürünüyorsun. Yazık değil mi" dedi. Sabah'a görüşmeye çağırdı.

1993, Yeni Memo, eski Memo'yu uğurluyor.

O zamana kadar, mizah dergilerinin ofislerinden

başka bir iş yeri görmemiştim. Sabah binası, Cağaloğlu'ndan ayrılıp kurulan ilk medya plazaydı. Çok tedirgin oldum. Cam zeminler, metalik asansörler, otomatik kahve makineleri, şık çalışanlar filan, benim için çok steril ve elit bir ortam. Hani belgesellerde olur ya, aslanların arasında durmuş çekim yapan bir kameraman, bir şekilde aslanları alıştırmış kendine ama her an saldırıp onu yiyebilirler. Kendimi plaza çalışanlarının arasında öyle hissettim. Korktum ama yine de vazgeçmedim, hayatımı değiştirmek istiyordum çünkü. Salih Memecan ile görüştüm. Ona işlerimi gösterdim. Beğendi. Sabah'ın grafik departmanında çalışmaya başladım.

Marjinallikten Sabah kültürüne geçiş nasıl oldu? Zorlandın mı?

Kolay olmadı. Akşamları, bakıyorum, insanlar orada 11'e 12'ye kadar oturuyorlar. Ben de mizah dergilerinde bayılana kadar çalışmak gerektiğine alışmış olduğum için, burda da böyle diye onlarla oturuyorum. Yedide gazete baskıya giriyor, iş kalmıyor ama ben öyle oturuyorum. Sonra biri beni arabasıyla bırakıyor ya da dolmuşa filan biniyorum. Sonra farkettim ki, aslında yedide servis varmış, herkes servise binip gidiyormuş. Orada kalan

1994, Plazada sigara molası

grafikerler meğer ekstra işler alıyorlarmış, o saate kadar o işleri yapıyorlarmış. Ekstra para kazanıyorlarmış yani. Ben bilmediğim için onlarla oturuyormuşum. Onu farkedince "yediden sonra bana ait" diye bayağı sevinmiştim (ho ho).

Sabah'ta günler nasıl geçiyordu?

Gazete grafikerleri ekonomi sayfalarına ya da köşe yazarlarının köşelerine çizim yapıyorlardı. Vinyet filan çiziyorlardı. 'Dolar indi çıktı' filan gibi tablolar hazırlıyorlardı. Memecan ilk beni kabul ederken "O sizin dergilerdeki kazma dişli adamlardan çizme burda" demişti. Ona göre değişik tipler çizmeye çalıştım oraya. Şimdi o işlere bakıyorum da, olayı fazla ciddiye almışım. Ekonomi vinyetlerinde 'Bunlar çok ciddi iş adamları' düşüncesiyle çok geniş omuzlu, çok çatık kaşlı, jilet gibi takım elbiseli adamlar çizmişim. Gerçi yakışmış da olabilir tabi.

Sonra, Salih Memecan beni Yeni Yüzyıl'a koydu. Otisabi vardı orada. Yılmaz Aslantürk yani. Pişmiş Kelle'den tanışıyoruz, muhabbetimiz var. Onun yanında çalıştım. Onun sayesinde biraz alıştım o ortama.

Gazete çalışanlarının haftada bir gün izin vardı. Ben izin günümü dergi gününe ayarladım. Altı gün gazetede çalışıyorum, yedinci günde de, dergiye gidip sabahlıyorum, hiç uyumadan ertesi sabah tekrar gazeteye gidip mesaiye başlıyorum. Gün boyu bilgisayarın başında

Ekonomi vinyeti. Çok daha sonra, 2005, Milliyet Gazetesi. Omuzlar hâlâ geniş, kaşlar hâlâ çatık.

1994, Gırgır, Tilki Tilki Saat Kaç isimli öyküden. Adam her sabah saatle uyana uyana her yerde saat görmeye başlıyor. Psikiyatristi, bakış açısını değiştirmesini öğütlüyor.

uykudan kafam düşe düşe çalışıyorum. Çok kötü olursam tuvalete gidip 15 dakika uyuyorum.

Sonra bir gün ortamdan artık fazla rahatsız olmadığımı farkettim. İnsanların şıklığına, farklılığına artık çok dikkat etmiyorum, başta bana uzay üssü gibi gelen mekan benim için normalleşmiş. Paşa paşa işlerimi yapıyorum, akşam servisi bekliyorum, eve gidip biraz oturup uyuyorum. İnsan bu tempoda çalışınca sadece o akşam mesainin bitişini beklemeye başlıyor. Ne bir ideal, ne bir hayal, ne uzun vadeli planlar. Sadece o akşam. Yarın tekrar aynısı,

sonraki gün tekrar aynısı. Bunu farkedince korktum. Ben buna alışacağım, alışırsam da karikatüristlik hayatım bitecek diye düşündüm. Salih Memecan'a gittim. "Ben ayrılıyorum" dedim.

1995, HBR Maymun, Bülent ve Cengiz'le birlikte yaptığımız Eşşek Cenneti köşesi.

Sonra, o sırada Bülent askere gitmiş ve dönmüştü. Askerden dönen adamda ekstra bir enerji oluyor. Cengiz ve ben de Bülent'ten enerji alarak o hep istediğimiz atılımı yapmanın artık vaktinin geldiğine karar verdik. Gırgır'dan ayrıldım. Bülent, Cengiz ve ben hep beraber Hıbır'da, yani değişen adıyla HBR Maymun'da çalışmaya başladık. Hıbır'ın

1995, HBR Maymun ofisinde Bülent'le eğleniyoruz

1995, HBR Maymun, Eşşek Cenneti

başlangıçtaki ekibi dağılmıştı. Tirajı 300 binlerden 30 binlere düşmüştü. Biz de orada "yeni bir heyecan başlatabiliriz" diye umuyorduk. Hıbır'ın başındakiler de aslında bize destek oldular, dergide çok yer açtılar. Bülent'in zaten köşesi vardı. Cengiz'le ben önce sadece tek karikatürler çizdik, sonra ortak bir sayfa yapmaya başladık, sonra ayrıca köşeler, sayfalar çizmeye başladık. Fakat düşüşte olan bir dergiyi sadece güzel köşeler yaparak doğrultmak pek mümkün olmuyor. Okurun algısı kolay kolay değişmiyor. İyi köşelerin yanı sıra bütünsel bir editörlük, biraz ses getirecek kampanyalar falan yapmak lazım. Biz o zaman hem duruma o kadar genel bakmıyorduk, hem de o kadar dergiye hakim değildik. Orada o şekilde iki yıl çalıştık.

Bu arada, Sabah'tan haber geldi. Ateş diye yeni bir gazete çıkmış. Grafikere

1995, HBR Maymun, Eşşek Cenneti

1995, HBR Maymun ofisinde Cengiz'le eğleniyoruz

1995, HBR Maymun, Eşşek Cenneti

ihtiyaç varmış. Salih Memecan ile yine konuştum ve Ateş'te yine aynı şeyi yapmaya başladım. Benimle birlikte iki grafiker daha vardı. Ateş de uyduruk bir gazete. Yarım sayfa ekonomi. Oradan da, günde sadece bir tane vinyet çıkıyor. Üç tane grafiker öylece oturuyoruz. İki ay sonra Memecan çağırdı. "Gazetede hiç işini görmüyorum" dedi. Dedim "Üç tane grafiker var. Beni boşuna aldınız (ho ho)". "Ha iyi o zaman sana başka bir şey ayarlayayım" dedi ve Ateş'ten çıkardı.

Çıkardı ama Sabah Dergi Grubu'nda, Power Ekonomi diye aylık iş dünyası dergisi çıkmaya başlamıştı, beni oraya yerleştirdi. Böylece dergi grubuna geçmiş oldum.

Biraz kapıdan kovulup bacadan girmiş gibi oldun yani...

Öyle oldu. Öte yandan, Ben Power'da çalışırken, Bahadır (Baruter) L-Manyak dergisini çıkardı. Ben de, orada çalışmaya başladım. Böylelikle, hem Hıbır'da, hem Power'da hem L-Manyak'ta, yani üç yayında birden çalışıyor oldum. Öyle yoruluyordum ki, yolda giderken ağzımı açık unutuyordum (ho ho). O sıralarda Bülent ve Cengiz'le, L-Manyak'a yoğunlaşabilmek için Hıbır'dan ayrıldık. İşlerden birinden ayrılınca çok vaktim olacağını düşünüyordum. Ama öyle olmadı. Ne kadar işini azaltırsan azalt, kalan işler yayılıyor, boş vakte fırsat vermiyor.

Sosyal yaşam nasıl gidiyordu o aralar?

Köpüraltı yanınca o serseri hayat bitti. Evdeki sap hayat

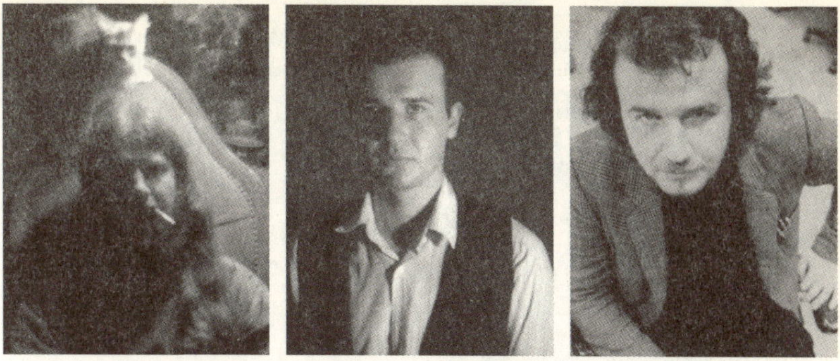

Depresyondan önce > Depresyonda > Depresyondan sonra

başladı (ho ho). Sosyal çevrem yok. Bir tek Bülent ve Cengiz var.

O dönem popüler olmaya başlamıştın. Yakınında kızlar filan olmuyor muydu?

Ben o işleri hiç beceremedim. Mesela, Hıbır'a, Ergün Gündüz'ün yanına, manken kızlar gelirdi. Her dönemin

1995, HBR Maymun, Eşşek Cenneti

L-Manyak Şehitleri, L-Manyak 1999

popüler çizerlerinin etrafında illa ki kızlar olur. Bana hep "Memo olduğunu bir söylesen istediğin kızı götürürsün" diyenler olurdu. Ama o işlerin nasıl olduğunu benim aklım hiç kesmedi. "Ben Memo, dans edelim mi" filan mı diyecektim? (ho ho)." Mesela Leman'da o dönem çok popüler bir çizer vardı, barda kızlara yanaşıp, 'Leman ya da L-Manyak okuyor musun' diye soruyormuş. Okuyorsa "ben şu çizerim" diye kim olduğunu söylüyormuş ve hemen kızları ayarlıyormuş. Ben bu hikayeyi hep büyük hayretle dinledim, hiç benzer bir hareket yapamadım.

Bu arada okul ve askerlik ne oldu?

Grafikten atıldım. Bir yıl, bir şey yapmadım. Sonra askerlik vakti geldi. Tekrar sınava girip heykele girdim. Ama okula hiç gitmedim. Grafiğe hiç olmazsa biraz gitmiştim.

Heykel yapmak zevkli bir şeydir herhalde.

Şimdiki aklım olsa devam ederdim. Zaten 40 yaşında tekrar gittim heykele. Şu anda heykel yapıyor olsam, çok güzel olurdu ama insan 20'li yaşlarda, okulun iyi yanlarının da olabileceğini hiç düşünmüyor. Okul, hep dayatılan bir şey oluyor. İleri yaşta gidince, öyle gibi gelmiyor. 'Ne güzel, bir şey öğreniyorum' diye düşünüyorum. Gerçi 40 yaşında da bir yıl gittim, tekrar bıraktım. Şu an muhtemelen yine atılmışımdır.

O zaman neden bırakmıştın heykeli?

Gittim ilk gün. Baktım çamurdan küp filan yapıyorlar, canım sıkıldı. Bir-iki gün gittim sadece. Normalde, öğrenci bir dersten iki sene üst üste kalınca okuldan atılıyordu. Grafikten öyle atıldım. Sonra heykelde ilk yılın sonunda gittim, baktım, "dersler ne durumda" diye. Bir baktım oradan da atılmışım. Meğer dönemlik bir ders varmış, bir yıl içinde iki dönem kalmışım, atılmışım. Sonra Açık Öğretim'e girdim, Sosyal Bilimler. "Hem askerliği tecil ettireyim, hem de bitirince kısa dönem yapayım" diye. Fakat Sosyal Bilimler bölümü meğer iki senelikmiş. İki sene tecil ettirdim ama kısa dönem hakkım olmadı. Sonra da bir ara hayattan sıkılınca kendim başvurdum, öyle gittim askere. Bu arada Sosyal Bilimci de olmuş oldum. Resmen bilim adamıyım yani. (Ho ho)

Askerlik nasıl geçti?

Desinatörlük yaparak geçti. Korktuğum kadar kötü geçmedi yani. Aslında dayak da yedim. Zor durumlarda da kaldım. Ama çok incinmedim. Tesadüf, askerliğimi Artvin Borçka'da yaptım. Yani doğumumdan üç yaşıma kadar kaldığım yerde. 18 ay askerlik yaptım. Ortam güzeldi. Ormanlık filan. Desinatör oldum. Tabelalar, talimatnameler

L-Manyak Şehitleri, L-Manyak 1999

hazırladım. Komutanların çocuklarının sünnet törenlerinin davetiyelerini filan yaptım. Köyden gelmiş erlerin hatıra defterlerine kamuflajlı bikini giymiş seksi asker kızlar çizdim. Tabur komutanı bana, kendisinden daha az kıdemli bir binbaşı vardı, onun karikatürünü yaptırıyordu. Kendisi odunla onun kafasına vuruyor filan. Beni uzaktan görüp "Karikatürist!" diye bağırıp yanına çağırırdı, şınav falan çektirtip salardı. Sonra bir gün bir denetlemede bir orgeneral bizim desinatör odasındaki dolapları kontrol ederken porno dergiler buldu. Bir şey demedi ama o olaydan sonra tabur komutanı beni "Pornocu!" diye çağırmaya başladı.

Desinatörlük görevim olduğu için eğitime çıkmıyordum. Ama gündüz görevli olanların gece nöbeti vardı. Bütün askerlik boyunca gece nöbeti tuttum. Üstelik görevin belli mesai saatleri de yok. Dergicilik gibi. "Sabaha kadar işler yetişecek" diye çalıştırıyorlar beni. Sabahlayarak çalışıyorum ama bu arada gece nöbeti tutuyorum. Bir yandan seviniyorum eğitime çıkmıyorum diye.

Memo Tembelokur, 2011, Leman. Leman'ın 1000. sayısı için çizmiştim.

Bizim bölük komutanı yazıhanede çalışanlara gıcıktı. Yazıcı olarak terhis etmiyordu. Son üç ayında alıyor, ne bileyim bir takıma veriyor. 'Bi şeyci' olarak terhis ediyordu. Beni de, son üç ay havan takımına verdi. Bir baktım, eğitim dedikleri basit bir şey.

Makul Koca Memoşko, Uykusuz, 2011

Komutan geldiğinde iki, üç zıplıyorsun. Sonra komutan gidince gölgede oturuyorsun. Zaten eğitimden de gelip alıyorlar seni, gündüz nöbeti tutuyorsun. Akşam beşte mesai bitiyor. Aynı gazetedeki gibi, akşam mesainin bittiğini çok geç öğrendim yani. Yani eğitime çıkmak çok güzelmiş ama hiç yararlanamadım. Bütün askerlik boyunca çalıştım.

Bu arada bütün askerlik boyunca çizdim de. Askerden Mast Der'e ve Aşık Memo'ya devam ettim. Başta çizgi ağırlıklı köşeler yapıyordum. Sonra o bölük komutanı beni çizerken yakaladı, 'Kendi özel işin için devletin kağıdını kullanamazsın' diye çizmemi yasakladı. Ben de yazı yazmaya başladım. Bildik romanların, masalların falan parodilerini yazdım. Zikhephen King, Penisler Altında 20.000 Fersah, Hanlar Hanı Atturış Han falan. Devletin kağıdını kullanmadım, devletin zamanını kullanmış oldum mu orasını tam bilemiyorum.

Bir de askerlik benim utangaçlıktan kurtulmam için başlangıç oldu. Askere kadar utangaçlığı, asosyalliği kaderim diye kabullenmiştim. Askerde bir gün bir de baktım, hiç utangaçlık kalmamış. Arkadaşlarla enseye tokat haline

gelmişiz (ho ho). Kürt çocuklarla halay çekiyorum. Konyalıyla geyik çeviriyorum, bilmemnereliyle güreşiyorum. Terhis olduktan sonra tekrar geri döndü aynı utangaçlık, ama bir kez değişebildiğini gördüğüm için kaderim diye kabullenmeyi bıraktım. Değiştirmek için çok çabaladım. Tanımadığım restorana, kafeye giremezdim. Özellikle üstüne üstüne gittim. Hiç oturmadığım kafelere gidip oturmaya başladım mesela. Bu benim için bayağı bir egzersizdi. Sonra tek başıma yurt dışına çıktım, bir ay boyunca Tayland ve Kamboçya'yı dolaştım. Tatil nedir bilmezdim, Oky'yle Olimpos'a tatile gitmeye başladım. Öküz Bar'da her gece sabaha kadar dans ettim. Yıllarımı aldı ama sonunda sosyalliğimi normal insan seviyesine, insan içine çıkabilecek, düğünde kalkıp oynayabilecek seviyeye getirebildim.

Askerden dönünce ne yaptın?

L-Manyak'a devam ettim.

Peki Bahadır Baruter, L-Manyak'tan önce bu piyasada

vardı. Değil mi?

Bahadır'la aslında aynı zamanda başladık, ama o benden 10 yaş büyük. Ben 17 yaşında başladım. O 27 yaşında. Mizah piyasası için hiç olmayacak bir şey. Genellikle 17-18 yaşlarında başlanır. Ya da en çok 20'de. 27 yaşında bir adamın gelip başlaması ve popüler olması çok ekstra bir durum. Bahadır, belki de yaşının verdiği bilinçle, piyasaya girdiği anda popüler oldu. Ben yıllarca amatör pozisyonunda süründüm.

Bahadır Baruter nereden geldi? Nereden yetişti? Mizah dergilerinde daha önce çalışmamıştı. Değil mi?

Mimar Sinan Resim Bölümü'ndeymiş. Sonra sürreel çizgi öyküler yapıp İtalya'ya götürmüş.

Ruh altı çalışmaları güzeldi...

Ruhaltı çok uçuk görünen bir iş ama aslında bizim mizah geleneğine uyan bir anlatımı var. Daha önce yaptıkları öyle değil. Burayla alakasız şeyler yapmış. Durağan, çizgisi güzel ama konusu bize anlamsız gelecek şeyler. İtalya'da beğenmişler ama bu onu çok tatmin etmemiş. Bu arada Memcoş (Mehmet Coşkun) ile aynı evde kalıyorlar. Ortamlarda o dönem bir bizim Harbiye'deki çöp ev konuşulur, bir de Bahadır'la Memcoş'un kaldığı o çöp ev konuşulur. Duvarda kocaman penis çiziliymiş falan, ben görmedim. Memcoş o sırada sanırım Avni'de çiziyor. Bahadır "ne çiziyorsun, ben de ondan çizeyim" diyor. Karikatüre başlıyor. Bir kaç sayı Pişmiş Kelle'de çizdi, sonra Limon'a geçti, anında çok popüler oldu.

Bahadır'ın L-Manyak'ı çıkartacağı, iki üç yıl boyunca konuşulmuştu. Çizerlerden iş istemeye başlamıştı. Çizerler dediğim, sadece Leman değil, bütün piyasadan. Biz de, yani Bülent, Cengiz ve ben, hep bir çizgi roman dergisi olsun istiyorduk. Haftalık dergiye karikatür çizmek bizi çok tatmin etmiyordu. Yurt dışından sevdiğimiz çizerler de hep çizgi romancıydı. Sıraselviler'de Fransız Kitabevi vardı, orada da Mösyö Bişo. Türkiye'ye yerleşmiş, Fransız aksanıyla Türkçe konuşan Fransız bir adam. Ona gidip ondan albümler, dergiler alırdık. Psikopat dergisinde Edika'yı çok severdik, hem çılgın aksiyon hem çılgın komiklik. Echo Des Savanes'de Vuillemin vardı, fırçayla bol siyahlı, çok pornografik, çok politik, çok iğrenç şeyler çiziyordu. Bir de Amerikan underground çizeri Robert Crumb'ın hastasıydık, çizgisindeki özenin, kadınlarındaki seksapelin, konularındaki hastalıklı tutkunun. Bunların hepsi kitap ölçüsünde çiziyorlardı. Her ne kadar Gırgır'ı çok sevsem de eskiden beridir boyutunu çok saçma bulurdum. Niye bu kadar büyük? Gazete gibi bir şey. Çizgi romanın kitap boyutunda olması lazım. L-Manyak bu açıdan tam bizim istediğimiz dergi oldu.

L-Manyak'ın kuruluşunda kimler vardı?

İlk çıktığında iki editörü vardı. Bahadır ve Selçuk Erdem. Fakat bir iki sayı sonra sanırım Selçuk Erdem çekildi, Bahadır tek başına L-Manyak'ın editörü oldu. Benim için isabet oldu, çünkü Bahadır'ın çılgın çizgileriyle çizdiği kaygısız Fatih Solmaz espirilerinden oluşan 'Lombak' köşesi en başından beri çok sevdiğim bir köşeydi. Ama Selçuk Erdem'in 'cool' tarzı bana biraz uzak.

Çizer olarak da ilk sayılarında genellikle Leman

Mösyö Bişo, 1993.

Soldan sağa Crumb, Vuillemin, Edika.

çizerleri vardı. Leman'daki tiplerin uzun hikayeleri filan. Öyle olunca biraz hayal kırıklığı yaratıyor. Yeni dergide yeni bir şeyler görmek istiyor insan.

Biz Hıbır'da çizerken Bülent bir iki parça bir şey götürmüştü L-Manyak'a. İlk sayıda onlar çıktı. Sonra, L-Manyak'ın üçüncü sayısında, Bülent 'Kötü Kedi Şerafettin'i çizdi. O dönem pek parlak bir dönem değildi, tam şu bütün dergilerin 300 binlik tirajlarının 30 binlere düştüğü ve eski dergilerin bir bir kapanmaya başladığı dönem. Herkes 'mizah öldü' diye geyik yapıp duruyor. Şerafettin çıkar çıkmaz, 'mizah öldü' geyiği bıçak gibi kesildi.

'Mizah öldü mü' derken, L-Manyak'ın satışları hızla yükselmeye başladı.

O dönemde tirajlardaki düşüşü neye bağlıyorsun?

MİZAH ÖLMEDİ HÜLEAAAAAAYN!..
Bülant Üstün'den Kötü Kedi Şerafettin,
1996, L-Manyak.

O zamanlar, aynı zamanda çok kanallı televizyona geçiş dönemiydi. Eskiden sadece TRT varken, birden İnterstar çıktı. TRT'de yapılmayan türden programlar, oynamayan türden filmler yayınlamaya başladı. Gece cimnastiği, Tutti Frutti, Kırmızı noktalı filmler. Sonra diğer özel kanallar onları takip etti. Medya

Kunteper Canavarı, Cengiz Üstün, 1996, L-Manyak

durumu değişti. Gırgır, TRT döneminde, TRT'nin o resmi halinin parodisiydi aslında. TRT'de bir film oynadığında bütün Türkiye o gece o filmi seyrederdi, Gırgır'da da hemen o filmin komikliği çizilirdi.

L-Manyak Şehitleri, 1996, L-Manyak

Bir sürü özel kanal çıkınca, resmi söylemin tek alternatifinin mizah dergileri olması durumu bitti. O dönemdeki tiraj düşüşü ona denk geliyor.

Şimdiki dönemde de yine toplu bir tiraj düşmesi söz konusu. Şimdiki de internetin yaygınlaşmasıyla ilişkili diye düşünüyorum. Artık gündeme dair eleştiriyi ya da komikliği internette herkes yapabiliyor. Hem de anında. Dergi ise günler sonra piyasaya çıkıyor ve yaptığı espiri de bin kere twitter'da filan yapılmış oluyor. Medya tekrar değişti ve mizah dergileri de artık değişmek zorunda.

Şerafettin'in çıkışı nasıl oldu?

Şerafettin çıkar çıkmaz çok beğenildi. Yolda giderken, yanımdan birbirine Şerafettin anlatarak geçen gençler falan görüyordum o günlerde. Çalıştığım gazetedeki yaşı ileri editörler falan bile Şerafettin konuşuyorlardı. Cengiz o sırada, Bülent daha Şerafettin'i hiç çizmemişken, hatta daha askerdeyken, Kunteper Canavarı'nı çizip L-Manyak'ı planlayan Bahadır'a göstermişti ama o sırada Bahadır, Kunteper'i pek

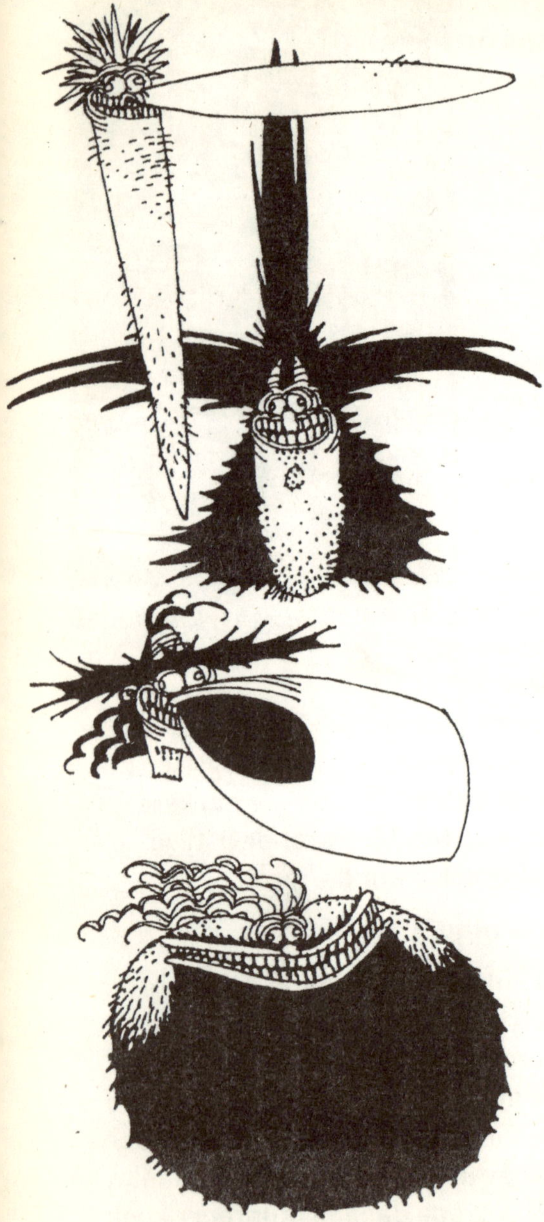

beğenmemişti (ho ho). Çünkü Bahadır'ın ilk başta bize anlattığı, kafasındaki dergi, L-Manyak gibi bir şey değildi aslında. Çizgi gösterisi ön planda olmayan, basit çizgili, basit hikayeli, daha çerez gibi bir şeydi. Ama insanın planladığı şey ancak ekiple birlikte gerçek oluyor. Biz Bahadır'ın kafasındakinden farklı bir ekiptik. Bahadır baktı, "bunlarda bir ışık var" dedi ve ekibe uydu.

Sizin kafanızdaki dergi üstün geldi yani...

Bülent'in Şerafettin'i o kadar patlayınca, Bahadır bizim önerilerimize daha çok uymaya başladı. Şerafettin'den sonra ben L-Manyak Şehitler'ini çizmeye başladım. Aynı sayı mıydı, bir kaç sayı sonrası mıydı, Cengiz'in o önceden çizdiği Kunteper macerası çıktı, sonra devam etti. Sonra, bu üçü, L-Manyak'ın popüler işleri oldu.

Memcoş L-Manyak Şehitleri'nde dört şehitten biriydi hatırladığım kadarıyla...

Aslında o kahramanlar şöyle belirlendi: Başlarda bütün çizerleri çiziyordum, her sayıda bir kaçını. Ama bazısı "aman beni öyle yaparken çizme" ya da "benim tipim o kadar acayip mi" falan demeye başladı. Yani, kendisi karitatürist olmasına rağmen, karikatürünün çizilmesinden rahatsız olacak insanlar vardı. Ben ilk başta buna biraz bozuluyordum, "tabi ki komik olacak, çiziyoruz, eğleniyoruz" diye. Ama sonra baktım ki, insanların pek çoğu dergide görünmek istemiyor. Yani aslında Memcoş'u çizmemdeki neden, ne çizdiğimi önemsememesiydi. Belki bir yandan hoşuna da gitmiştir, bilemiyorum.

Yani sonuçta, Şehitler'de çizdiğim kendim de dahil dört kişi, ben, Bülent, Bahadır ve Memcoş, en rezil durumda bile çizilseler umursamayan, hatta hoşuna giden kişilerdik. Tabi karakterleri de önemli. Hepsi sivri tipler, çok belirgin ve kolay karikatürize

Suratı yanmış Bahadır

Bunamış Bahadır

Pamuk Bahadır

Zombi Bahadır

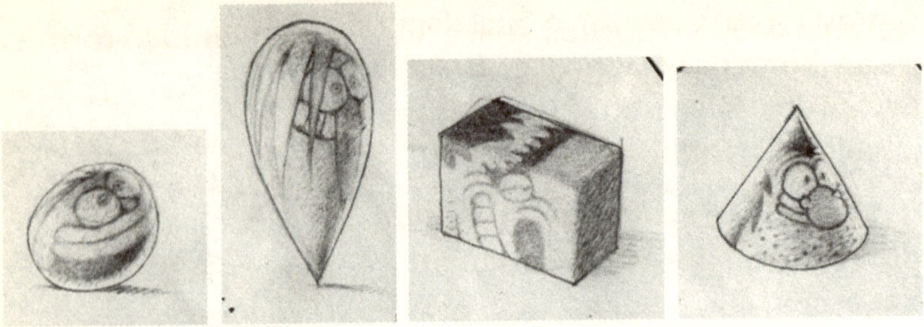

L-Manyak Şehitleri'nin dört kişilik ana kadrosu, Bahadır, Bülent, Memcoş ve Memo. Sayfanın kenarına karalamışım.

edilebilecek kişilikleri var.

Bir dörtlü halinde takılmıyordunuz yani...

Bülentle ben beraber takılıyorduk. Sonra Bahadır'la da yakın olduk. Ama Bahadır bizden on yaş büyük olduğu için hayatı daha farklıydı. Evliydi, editördü falan. Bizim hayatımızda sadece çizmek vardı. Öyle dördümüzün sürekli maceradan maceraya koştuğumuz bir hayatımız yoktu yani.

Neyse, bütün bu gelişmelerin sonucunda L-Manyak patladı. O zaman tirajı Leman'ı geçmişti. Leman 100 bin kadar satarken, L-Manyak 105-110 bin satışa ulaştı.

L-Manyak'a kadar, daha doğrusu Şerafettin'e kadar, mizah dergilerinde tespit mizahı hakimdi. Çizgiroman unutulmuş gibi bir şeydi. İlban Ertem zaten yıllar önce piyasayı bırakıp Bodrum'a yerleşmişti. Suat Gönülay uzun süredir ortada yoktu. Galip Tekin bir var bir yok gibiydi. Eski tarihi çizgiroman geleneği zaten çoktan bitmişti. Tommiks Teksas kültürü tükenmişti. Ortada çizgiroman yoktu. L-Manyak bir anda çizgiromanı geri getirdi. On, on beş yıldır eski Zagor'ları, Kızılmaske'leri falan koleksiyonerlere yönelik tekrar basan yayınevleri hep o zaman L-Manyak'ın çizgiromanı geri getirmesinden sonra yayına başladılar.

Oğuz Aral'lı yıllardan sonra, bu dönem, yeniden mizah dergiciliğinin altın yıllarıydı değil mi?

Yani, tiraj düşüşünün henüz başlamadığı dönemde sekiz dokuz mizah dergisi olduğunu hatırlıyorum. Akbay'ın Gırgır'ı, Avni, Dıgıl, Hıbır, Limon, Çarşaf, Pişmiş Kelle, Fırt, Fırfır... O aralar çok fazla dergi açılıp kapanıyordu. Fos, Biber, Parazit var mesela hatırladıklarım. Bir iki Kürtçe dergi de açılıp kapandı, Tewlo vardı. Bu kadar dergi topluca tiraj kaybedip art arda kapandıktan sonra Leman'ın 100 binlik satışını koruması, sonra da L-Manyak gibi başka bir sürü dergi çıkarması, altın yıllar olabilir evet. Aslında bir yandan, 'En popüler çizerler neredeyse, asıl dergi odur' gibi bir durum var. Ama popüler çizerlerin çizdiği dergi mi asıl dergi, asıl derginin çizerleri mi popüler? Tavuk yumurta meselesi gibi. Mesela Hıbır, kadrosu eski Gırgır'ın starlarından oluşan, sadece çizerlerinin popülerliği üzerine kurulmuş olan bir dergiydi. Fakat çok hızla okur kaybetti. Leman, Limon zamanından beri, asıl yapısını popülerlikten önce, mizah anlayışı ve politik duruşu üzerine kurmuştu. Bu sayede diğer dergilerden bağımsız şekilde kendi popüler çizerlerini oluşturabildi ve dönemin tiraj düşüşünden etkilenmedi. Limon'un bayağı da radikal bir çizgisi vardı. Bağlı olduğu Güneş gazetesi Asil Nadir'indi. Arkadaşlar arasında "herhalde Asil Nadir, Limon'un kendisine ait olduğunu bilmiyor" diyorduk.

Leman'da kimler vardı?

Leman, Limon'un devamı. Limoncular Asil Nadir'in Limon'unu kapatıp Leman olarak kendileri çıkardılar. Limon zamanındaki kurucu kadroyu tam olarak bilmiyorum ama Tuncay Akgün, Mehmet Çağçağ, Kemal Aratan asıl çizerlerdi. Kemal Aratan İhtiyatsız Adam'ı çizerek zaten o sırada liseye giden bizim kuşağı kalbinden vurdu. Suat Gönülay Limon'da

parlayarak çok önemli bir çizgiromancı oldu. Türkiye'deki gelmiş geçmiş en iyi çizgiromancıdır diyebilirim. Çizgisindeki yetenek, dünyasının zenginliği, öykülerindeki edebiyat, bana hala yirmi beş sene önce göründüğü kadar ulaşılmaz görünüyor. Metüst, Can Barslan da o zaman çok sevilen işler yaptılar. Derginin politik yapısını da sanırım Şükrü Yavuz oluşturuyordu.

Leman dönemi biraz daha değişti ortam. Yönetenler Tuncay Akgün ile Mehmet Çağçağ idi. Çağçağ'ın Timsah tipi çok popülerdi. Ahmet Yılmaz o dönemin en popüler çizeriydi, tespit mizahında bir numaraydı. Bu güne uzanan iki üç kuşağı etkileyen bir ekol oldu. Bahadır Baruter'le Fatih Solmaz'ın Lombak köşesi zaten Limon zamanından beri hep çok sevildi. Bahadır Boysal da çok yetenekli bir çizer olarak aniden ortaya çıkıverdi. Bar ortamlarını ve dönemin 'clubber' gençlerini çizdiği için çok popülerdi.

L-Manyak çok satmaya başlayınca, Tuncay'lar artık oradan mı cesaret buldular ya da zaten öyle düşünceleri var mıydı bilmiyorum, başka bir çok dergi çıkarmaya başladılar. Öküz, Yeni Harman filan gibi. Bahadır Boysal, Atom'u çıkardı. Leman dergisi, Leman Dergi Grubuna dönüştü.

Senin yazdığın malum halk şiirleri nereden aklına geldi? Üstelik bütün şiirler, büyük bir titizlikle, hece vezniyle yazılmış durumda...

Ben zaten onları çok eskiden beri yazıyordum. Ta Gırgır'a yeni girdiğim zamanlarda 'Kıllı Organlar' diye bir şiir yazmıştım. Elden ele dolaşıyordu, eğlenmek için. Sonraki yıllarda kızlarla ilişki kuramadığım için hem cinsel hem romantik acılar çekiyorken ara ara kendi kendime yazmaya devam ettim. Aşık Memo mahlasıyla. Yani Aşık Memo aslında mizah dergileri için bulunmuş bir tip değil, gerçekten benim Aşık Memo.

L-Manyak Şehitleri nereden aklına geldi?

Hıbır'da, Bülent'in bir hikayesini çizmiştim. Öyküde Bülent'le beraber tatile gidiyoruz, Bülent tatil yapabilmek için sayfasını bana çizdirmeye uğraşıyor, entrikalar yapıyor, filan. Bülent'le Hıbır'da bir kaç kere ortak öykü yapmıştık ama çok da iyi çizememiştim onları. Sonra bu öyküyü yazdı Bülent. Ben de zaten hep kenara köşeye kendi portrelerimi çiziyorum, eğlenmek için. Değişik değişik çizgilerle komik komik şeyler. Bülent 'işte bunları çizdiğin çizgiyle çiz bu öyküyü' dedi. O bende bir heyecan yarattı. Gerçekten de o heyecanla çizince bu defa iyi oldu. Dikkat çekici bir iş oldu. Bülent o sırada L-Manyak'a

Âşık Memo

HBR Maymun, 1996, Bülent'in yazıp benim çizdiğim, L-Manyak Şehitleri'nin öncülü, yazlık macerası öykusü.

Şerafettin'i çiziyordu. Ben de L-Manyak'a iş yapmak istiyordum ama ne yapacağımı bilmiyordum. Sonra o hikayenin devamı gibi ya da başka bir versiyonu gibi L-Manyak Şehitleri'ni yaptık. Bülent yazdı ben çizdim. Sonra devam ettik. İlk öyküleri hep Bülent yazdı, sonra yavaş yavaş ben devraldım. Başta öyküyü kareleyip, eskizleyip bana veriyordu, ben çiziyordum. Sonra telefonda onun anlattığı öyküyü ben kareleyip çizmeye başladım. Sonra onunla öykünün genel havasını konuşup kurguyu da ben yapmaya başladım. Yine de ona gösteriyordum ama. Olmamış derse değiştiriyordum. Önce bir kızıp küsüyordum, sonra tekrar yapıyordum. Herhalde beşinci altıncı sayıdan sonrası tamamen bana ait olması lazım. Benim için çizgi roman senaryosu yazma dersi gibi oldu o dönem.

Aynı dönemde bir de Mast Der'i yaptınız.

Evet. O da konsept olarak Bülent'in fikri. Askerdeyken 'yeni ne yaparız' diye düşünmüş, aklına Masturbatörleri sahiplenecek bir oluşum yapmak gelmiş. Ben kendi kendime Aşık Memo'ları yazıyordum ama yayınlanabileceklerine hiç ihtimal vermiyordum. Bülent ve Bahadır şiirleri görünce 'Bunlar tam bu iş için' dediler. Mast Der sayfasını hazırlayıp şiirleri orada yayınlamaya başladık. Sonra ben değişik yazılar, makaleler, hikayeler falan yazmaya başladım. Sayfa Bülent'in fikri olduğu için, köşenin üstünde 'Dernek Başkanı' olarak Bülent yazıyor, içeriğini ben hazırladığım için de 'Baş Yazar' olarak benim adım var.

Yaptığın üç önemli konu var. Aşık Memo. L-Manyak Şehitleri ve Mast Der. Mast Der'de yer alan şiirlerin hepsini hece vezniyle yazdın. Bunların edebiyatla ilgili olmasını nasıl sağladın?

Ya şöyle... Ben aslında şiirden anlamam. Ama ilkokul birde, İstiklal Marşı'nı ezberlemiştim, on kıtasını da. Sonra Ziya Gökalp'ın Ala Geyik Destanı'nı. Ala Geyik Destanı'nı

hala baştan sona ezberden okuyabilirim. Bunları küçük yaşta ezberleyince kafamda hece ölçüsü mantığı temelde bir yerlere işlemiş herhalde. Hece ya da aruz vezni aslında tekerleme gibi, hem okuması hem ezberlemesi kolay. Hem de çok eğlenceli. Ama serbest vezni anlamıyorum. Madem ölçü yok, kafiye yok, düz yazı yaz kardeşim (Ho ho).

O zaman yani, Aşık Memo çocukluğunda mı ortaya çıktı?

Ben ortaokuldayken TRT'de Yunus Emre dizisi vardı. Yunus Emre, sürekli çöllerde geziyor. Genelde yanına yaşlı bir adam geliyor 'ey oğul' diye yardım istiyor, o da bir dörtlük söylüyor. Her şey halloluyor. Ya da zalim bir hükümdar filan buna eziyet etmek istiyor, yine bir dörtlük söylüyor. Zalim adam boynunu büküyor. 'Ululardan bir uluymuşsun' diyor. Tek bir

lafla olayları çözebilmesi beni çok etkiledi herhalde.

Antep'te bizim okul da şehir dışında, uzakta bir yerdeydi. Çevresi bozkırlarla kaplı. Tam gün eğitim olduğu için bir buçuk saat öğle tatili vardı. Ben de asosyal bir çocuğum. Bir iki tane benim gibi asosyal arkadaşım var. Diğer çocuklarla da kavga edip duruyorum zaten. Öğle tatilinde tek başıma ya da asosyal bir iki arkadaşımla beraber okuldan çıkardık, o bozkırlarda yürürdük. Ufukta gözüken beyaz bir kulübe vardı. Su deposuymuş. Bir buçuk saat içinde ona gidip gelmeye

Âşık Memo, L-Manyak, 1999.

Lobotomi, Uykusuz Yaz, 2011.
Tepenin üzerinde Gaziantep Anadolu Lisesi,
çevresinde tarlalar, dikenler, toprak
yollar, salkım söğütler,
bozkır.

Aşık Memo'nun ilk çizgi öyküsünden. L-Manyak, 1997

uğraşıdık. Bir dere yatağı vardı. Orada kazı filan yapmaya çalışırdık. Kertenkele yakalardık.

Yani bir yandan sürekli bozkırda dolaşıyordum. Tıpkı Yunus Emre gibi. Bir yandan uyumsuz bir çocuk olarak, itilip kakıldığımı düşünüyorum. Yunus Emre gibi (ho ho). Kendimi onunla çok özdeşleştirmiştim.

Yunus Emre'ye benzediği için eleştirenler oldu mu?

O dönemde Aşık Memo konusunda, okuyucularından

Mastder, L-Manyak, 1999. Dedem Sarkıt hikayesi, Atturış Han.

(....) Ol atmukda keramet olsa kerekkim tokkuz ay sonra bir oğlancıklaru oldı. Soktamış'la Tomalak sevin sevin sevindiler. Oğlan büyüdi, yiğit oldı. At bindü, kılınç kuşandu. Av avladu, kuş kuşladu. Lakin akranlaru fik doğrultub mala urduklaru halda, anda zerre dahi kıpırdanış yoğudu. Hakkında top deyü, yıvarlak deyü söylence söylediler. Künlerden bir kün oğlancık otağlarun arasunda yürüyüptü. Ötesinde de Gökçe Kötlü Yalarcıl Kız derler bir kız varıdı, o yürüyüptü. Yalarcıl Kız eğilüben çarığunın ipçiğini çözüpgil, anda bir özgar estikim etekleri havalara havalandu, gökçe kötü oğlancığun iki gözinün karşısında kabak kibi açıl oldu. Oğlancık gökçe kötte ulduz gibi kıpış kıpış kıpışlanan ulduz dübürü, hilal kibi süzüm süzüm süzümlenen hilal damcuğı görende, ol küne kadar kıpraşmamış barrağı anda büyük büyük oldı. Uzandı da zorlayub meşin kayuşı kopartdı, poturı pareleyüp dışarı uğradu. Damarları ip ip oldu gerildi, temir kibi sert sert oldı sertildi. Avucuynan yakalaup da sallayınca boşal oldı, atum atum atturdı. Atmukları sel sel oldı, otağların üstine yağımur kibi yağıdı. Obada herkes Soktamış'ın oğlancığu marifet gösterdi deyu sevindiler. Dedem Sarkıt gelsin, isim versin dediler. (....)

hiç bir şikayet, ya da olumsuz bir tavır gelmedi. Şimdi böyle bir şey yazınca, internetten hemen kötü yorumlar geliyor. O dönemde, bu tür şeyler, o tür insanlara ulaşmıyordu. Çünkü internet yoktu. Ortam da bu kadar gergin değildi. Herkes, her konuda laf söylemiyordu. Söylenecek ortam da yoktu. Söylenen şeyler de bu kadar gerginlik yaratmıyordu.

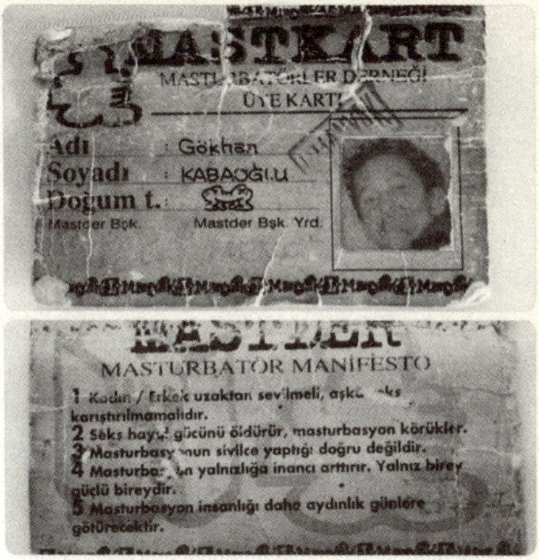

İnternette bulduğum, eski bir L-Manyak okuruna ait Mastkart.

Okurlar da Mast Der üyesi oluyordu galiba?

Mast Der bayağı popüler oldu. Üç bin kişiye dernek kartı bastırıp gönderdik.

Bayağı üzerinde fotoğrafı bulunan, ismi yazılı kartlar değil mi? Nerede, nasıl yaptırdınız?

Bahadır Cihangir'de davetiye basan küçük bir matbaa bulmuş. Oraya bastırıyordu, kartvizit gibi.

Nasıl duyurdunuz?

Önce üyeler diye çizerlerin isimlerini yazdık. Komiklik olsun diye. Sonra eş dost "bizi de yazın" diye haber göndermeye başladı. Sonra okurlardan mektuplar gelmeye başladı. Böyle olunca her sayıda dergideki liste uzamaya ve artık yazılamaz noktaya gelmeye başladı. Biz de dergide bir

Otuzbirci kendi yapar kendisi yer aşını
Dama sokmaz kendi okşar barrağının başını

Memo der ki hiç büyütme damı kötü gözünde
Otuzbir çek, kudret senin barrağının özünde

Fik Dediğin, Lombak, 2006

duyuru yaptık. "Bize adınızı ve fotoğrafınızı gönderin, size üyelik kartı gönderelim" diye. Böylece iş ciddiye bindi ve her ay yaklaşık 100 kart göndermeye başladık. Bülent ile her gün oturup kart imzalıyorduk. Ofis boy da fotoğrafları yapıştırıp isimleri yazıyordu. Bir de L-Manyak yazan damga yaptırmıştık. Fotoğrafın üstüne de onu basıyorduk.

Hala bu kartlardan gördüğün oluyor mu?

İnternette filan görüyorum arada bir, fotoğrafını koyuyorlar filan. Bende bir tane hatalı baskı kaldı sadece. İki tarafına da arka yüzde yazması gereken Masturbatör Manifesto basılmış. Cüzdanımda taşıyorum hala.

Otuzbircinin barrağı göğe bakar turna gibi
Kendi söyler kendi dinler tek delikli zurna gibi
Attırdı mı oluk oluk almaz otuzbirci soluk
Atmıkları dolar taşar hamamdaki kurna gibi

Otuzbircinin Barrağı, Uykusuz, 2008

O çok pahalıdır

Ho ho

Aşık Memo ve Mast Der nasıl bitti?

Ben Aşık Memo'nun öykülerini çizmeye başladım. Çizgiroman olarak. Yani başta o cinsel organlar filan sadece şiirsel laflardan ibaretken, çizgi öykülerde birden açık seçik görünür oldular. Bugün için zaten mümkün değil ama o döneme göre bile bayağı açık şeyler

Otuzbirci Bünye, Lombak, 2005

Fikfiklemek arzusiyle dolup taşan bünyem var
Sıvazlayınca patlayan fik şeklinde fünyem var
Her ne kadar dam isterim deyu feyad etsemde
Üzerinde "Otuzbirci" yazan altın künyem var...

çizdim. Kafamda da hep bir ilerleme hissi var. Yani, eskiden küfür yazılamazdı, şimdi yazılabiliyor. Eskiden cinsel organ çizilemezdi, al işte şimdi çizilebiliyor. Biraz daha sonra kim bilir neler neler çizeceğiz. Bu hisle hep daha fazlasını, daha açığını çizmek istiyordum. Sonra bir sayı, bir Cin Ali parodisi çizdim. Bildiğimiz Cin Ali, 'Ali topu at, at Ali at' diye başlıyor. Sonra 'Ali g.te bak, bak Ali bak' filan gibi devam ediyor. Sonra da bu anlatımla devam eden öyküde Ali önce Ayşe'yi ellemeye çalışıyor. Ayşe kızınca porno dergi buluyor, mastürbasyon yapıyor. 'Çek Ali çek, otuz bir çek.' Açıkça cinsel organlarıyla falan çizdim o sahneleri. Ama yani, Cin Ali cinsel organı, çöpten yani. Ne zararı olabilir ki? Bence gayet komik. O sayı dava geldi. Sonraki sayıya bir dava daha.

Ben Bir Eşşeğim'in Kadın G.tü Belgeseli özel bölümü, 2005

(....) Evet, yanılmamıştı!.. Burası makine dairesiydi. Daha önce hiç görmediği bu acayip makineyi tetkike başladı. Az önce kaptanın içine attırdığı boru tavandan inip makinenin kalbine giriyordu. O bölgeye eklenmiş mercek tertibatından baktığında çılgınlar gibi kuyruklarını sallayan binlerce sperm gördü. Bu spermler içinde bulundukları sıvıyı hareket ettiriyor, sıvı da helezon borulardan geçip önce türbünleri sonra pervaneyi döndürüyor, en nihayetinde gemiyi hareket ettiriyordu. Kaptan Memo atmık gücüyle çalışan bir makine icad etmişti!.. (....)

Mastder, L-Manyak, 1999. Penisler Altında 20.000 Fersah.

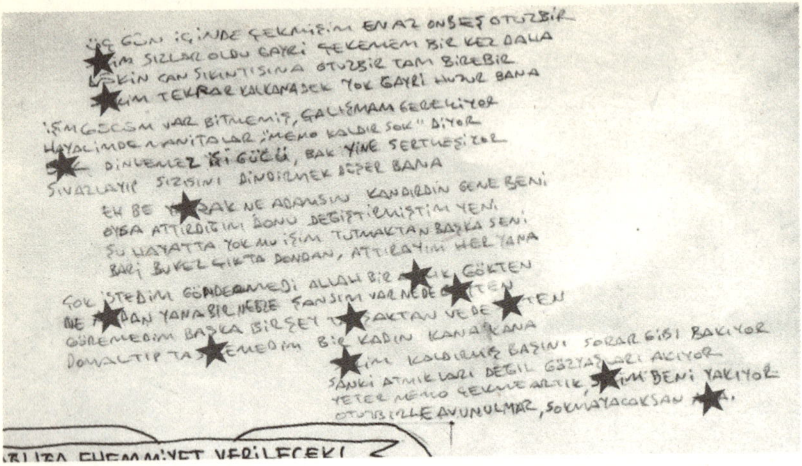

Aşık Memo'nun yayınlanmadığı bir dönemde, Ben Bir Eşşeğim sayfasının kenarına karaladığım bir Âşık Memo şiiri, 2001. Yıllar sonra Uykusuz'da yayınlandı.

Bir kere dikkat çekti ya, beş altı ay boyunca hem benim Aşık Memo öykülerine, hem de diğer bir kaç çizerin gayet normal çizmiş oldukları hafif erotik gibi görüntülere falan üst üste davalar geldi.

Böyle olunca Tuncay ile Çağçağ bizi çağırdılar. "Arkadaşlar çok kötü davalar geliyor, bir süre böyle şeyler çizmeyelim' dediler. Bu, benim hiç hoşuma gitmedi tabi. Birincisi, asosyal hayatımın tek çıkış noktası, Aşık Memo ve Mast Der'di. Yalnız ve abazan hayatımda başka tutunacak dalım yoktu. O yüzden onları çizmemek gibi bir ihtimal düşünemiyordum. İkincisi, yaptığım şeye inanıyordum. "Hapse bile atsalar ben çizerim kardeşim" demek istiyordum. Çünkü cinsel içeriğin zararlı olduğunu düşünmüyorum. Üstelik ergenliğimden beri her yere çıplak kadınlar çiziyorum. Çıplak kadın çizmeye bir tutkum var. Ve tam ergenliğim sırasında Özal yönetiminde 'muzır yasası' çıkmıştı ve gazetelerde falan o güne kadar normal olan bikinili kız fotoğrafları bile yasaklanmıştı. Ben de o zamanki aklımla gazetelerden falan hep bu muzır yasasıyla ve sansürle ilgili haberleri takip ediyordum. Çünkü gazetede çıplak kadın resmi görmek istiyordum. Politik bilincim ilk muzır yasasıyla oluşmaya başlamış yani. Ama işte, gelen ceza benim şahsıma gelmiyor, dergiye geliyor. İki davayı kaybetsek, müesseseyi batıracak düzeyde para cazası geliyor. Onun için bir şey de diyemiyorum. 'Tamam çizmeyeyim' demeyi kendime yediremiyorum. Şimdi olsa "Bir senecik çizmeyivereyim, sonra nasıl olsa yine çizerim" derdim. Ama o sırada daha gencim, zaten çizmeye başlayalı yedi, sekiz sene olmuş. Ve bunun son iki senesinde, ilk defa, bu kadar sevilen bir iş yapmışım. Sanki hayattaki tek varlığımı elimden alıyorlarmış gibi hissettim.

Bahadır'ın tavrı ne oldu?

Bahadır da, tabii ki, bir süre çizmeyelim dedi. Ne desin, "sen istediğin gibi çiz, varsın Leman da L-Manyak da batsın" mı diyecek. İlla çizmek istiyorsan yumuşatarak çiz dedi. Ben 'olmaz, bu ancak böyle sert çizilebilecek bir şey' diye inat ettim. Bahadır'la bozuştum. Küsmedim ama ilişkimiz bozuldu.

L-Manyak Şehitleri, L-Manyak, 1998. Bahadır kendisiyle aynı tarz porno seyretmeyenleri öldürüyor.

L-Manyak, 2000. Cin Ali yüzünden Mastder ve Âşık Memo yapamaz olunca, tepkiyle çizdiğim Cin Ali L-Manyak Şehitleri.

Aranıza bir soğukluk girdi yani.

Evet, hem Bahadırla, hem meslekle ilişkim bozuldu. Aşık Memo ve Mast Der'i çizmeyi mecburen bıraktım. İşimin en güvenli sığınağım olduğuna olan inancım sarsıldı. Ama bu durum başka açıdan Şehitler öykülerine yaradı. Şehitler'de öyküler daha önce genellikle şöyleydi: Dört kişi hep beraber bir olayın içine giriyoruz, birtakım kötü adamlarla karşılaşıyoruz. Maganda gibi, köylü gibi. O kötü adamlarla çatışıyoruz, falan. O dönemden sonra bu kurgu biraz

L-Manyak, 2000. Bülent'le birlikte kuyumcuyu soyan Bahadır'ın altınlarını almak için kafasına sıkıyorum.

L-Manyak Şehitleri, L-Manyak, 1999. Dövüş sanatları ustası Baha-Dung ile Çin restoranlar zinciri açıp diğer restoranları haraca bağlayan kötü adam Baru-Teng'in aynı kişi olduğu anlaşılıyor.

değişti. Dört kişinin kendi içlerindeki alavere dalaverelerini, entrikalarını çizmeye başladım. Bahadır'a kızdıkça daha da entrikalı öyküler, daha da birbirinin kuyusunu kazan karakterler çizdim. Tabi bunu hiç bir zaman okurun anlayacağı şekilde ifade etmedim. Bahadır bile farketmemiş olabilir. Bu tamamen kendi iç dünyamla yaptığım işi dengeleyebilmek için yaptığım bir şeydi, birilerine mesaj vermek için değil. Böyle böyle çizdikçe, öyküler daha zenginleşti. Daha önce dört karakter birbirinden çok farklı değildi. Her öyküde her rolde hangisi olsa olur gibiydi. Sonraki öykülerde her karakterin kendi kişisel bir meselesi olmaya başladı. Kurgu, karakterler üzerinden akmaya başladı.

L-Manyak Şehitleri, 2000. Bahadır, kendisi rejim yapıp lezzetsiz şeyler yerken diğer herkes lezzetli şeyler yediği için tek tek herkesi öldürüyor.

L-Manyak Şehitleri, 2000. Uluslararası büyük bir şirket haline gelen L-Manyak'ın ortaklarının her biri, Bahadır, Bülent, Memcoş ve Memo, diğer ortakların hisselerini ele geçirmeye uğraşıyorlar.

Karakterler anlam kazandı.

Tam o dönemde L-Manyaktan ayrılıp Lombak'ı yaptık.

Ben hep Bahadır'a, 'biz buradan ayrılalım kendi dergimizi yapalım' diyordum. Lisede Limon'u çok severek okumuştum, ekol anlamında Limon'a dahil hissediyordum kendimi. Fakat hiç Limon'da ve Leman'da çalışmamıştım. Kendimi Leman müessesesine yabancı hissediyordum. Zaten ayrılıp kendi dergisini yapmak isteği bütün çizerlerin genlerinde var neredeyse. Ama Bahadır hep, "Onlar bize ortam sağladı. Bu dergiyi onlar çıkardılar. Ayrılmak için haklı bir gerekçemizin olması lazım" diyordu. Bir gün, Bahadır bize "L-Manyak'a ilan alıyorlar. Ben ayrılacağım, isterseniz siz de gelin" dedi. Ben zaten dünden razıydım. Dergiye reklam alınması da kimsenin kabul edebileceği bir şey değildi. Leman kökenli olmayıp sadece L-Manyak'ta çizen ben, Bülent, Cengiz, Oky, Emrah (Ablak) gibi çizerler arasında ekip ruhu güçlüydü. O yüzden hemen herkes tereddütsüz Bahadır'la hareket etti. L-Manyak ekibi olarak ayrıldık ve Lombak'ı çıkardık.

L-Manyak ekibinin hemen hemen hepsi geldi. Kimler gelmedi? Gürcan Yurt gelmedi. Robinson ve Cuma'yı çizen.

Sonra Memcoş, o da L-Manyak'ta kaldı. Bir de bizim grupla çok fazla bağı olmayan Leman çizerleri, Can Barslan, Kaan Ertem, filan. Bu kalanlar L-Manyak'ı çıkarmaya devam ettiler.

Yeni dergi, bizim dergimiz heyacanıyla Lombak'ta çalışmaya başladım. Yine Şehitler çiziyordum, bu defa Lombak Şehitleri. Memcoş L-Manyak'ta kaldığı için onun yerine Kenan Yarar'ı çizmeye başladım. Ama benim için bunalımlı yıllardı. Bahadır'la aram iyi değil, Aşık Memo yazamıyorum, Mast Der yapamıyorum, manitam yok.

Kız arkadaşın hiç yok muydu?

Yoktu.

Hiç olmadı mı?

Olmadı. Kız arkadaşım yoktu ama çalıştığım gazetede platonik olarak aşık olduğum bir kız vardı. Tam Aşık Memo'yu çizememe durumlarının üstüne, o kızın zaten çoktan evlenmiş olduğunu öğrendim. O kadar asosyalim ki, kızla muhabbetim bile yok.

Bu platonik aşk seni nasıl etkiledi?

Aşık olduğum kız gitmiş. Kendimi kurtarabileceğim

Ben Bir Eşşeğim, Lombak, 2002

mesleki mecram gitmiş. O zaman kendi kendime "bu gidişe bir çözüm bulmam lazım" dedim. Hayatım sürekli böyle gitmeyecekti. Hayatımı değiştirmem gerekiyordu. Çok iş merkezliydim. İşkoliktim. Hayatımda sadece çizmek vardı. Çizerler haricinde arkadaşım yoktu. Sosyal ortamım yoktu. Aşık Memo'da bunun acısını anlatmaya çalışıyordum zaten. Fakat işte, iş de beni kurtarmamıştı. Bu çizmek merkezli Memo formatının bittiğine karar verdim. "Kız arkadaşım yok" diye dövünmek yerine kız arkadaş edinmek, sosyalleşmek,

çizerlik dışında da bir hayat kurmak istedim. Hazır askerden utangaçlıktan kurtulabilme ihtimaline inanarak dönmüşüm, kendimi iş merkezli olmaktan kurtarmaya çalıştım. Tabi işi biraz savsatmaya başladım.

Çizgimde de bu düşünceler etkili oldu. Şehitler çizmeyi bıraktım. "Ben Bir Eşşeğim"i çizmeye başladım. O zamana kadar kendiliğinden gelişmiş belli bir çizgim vardı. Siyah lekeler, düz ve net çizgiler, köşeli formlar filan. Ben Bir Eşşeğim'de o çizgiyi bilerek tamamen bozdum. Tam tersini yapmaya çalıştım. Yamuk yumuk, hamur gibi yumuşak formlu, eciş bücüş bir çizgi yaptım. Üstelik içerikte de Aşık Memo'yu alaşağı edecek şekilde, kızlara yakınlaşma, sevgili bulma çabalarımı falan anlattım. Şehitler'de çizdiğim kişileri ve çizerlik hayatımı burada özellikle çizmedim. Sadece Oky vardı burada, o da çizer olarak değil, etrafı kızlarla çevrili, beni hep aşağılayan bir kötü karakter olarak. O dönem hep Oky'yle takılıyorduk. Sürekli İstiklal'de turluyorduk. Her yaz bir iki ayımızı Olimpos'ta birlikte geçiriyorduk. Beraber sinema sektörüne girmek, yönetmen olmak

Olimpos, pansiyon

hayalleri kuruyorduk. Bir kere ucundan bir klip çekme işine girdik beraber. Baktım omuzumda kamera, sekiz saattir Türkçe pop söyleyen bön bir adamın suratını çekmeye çalışıyorum. Yok dedim, bu iş böyle olmayacak, çizerlikten başka çarem yok.

Olimpos, Öküz Bar

Olimpos'un sosyalleşmemde çok büyük etkisi oldu. Yıllardan sonra ilk defa çizer dünyası dışında insanlarla tanıştım. İlk defa dans ettim. İlk defa tatil yapmak denen şeyi keşfettim. İlk defa dans pistinde kızlara asıldım, ormanda peşlerinden koşturdum. İlk defa kız arkadaşım oldu. Oky'yle

dergi yapmak, Lombak dergisinin cenderesinden kurtulmak hayalleri kurarken bir yandan da on beş yaşında deneyimlemem gereken sosyalliği otuz yaşında deneyimledim orada. Hepsini de Ben Bir Eşşeğim'de çizdim. Eşşeğim'in her macerasında Memo hayatına çeki düzen vermeye ve kız arkadaş bulmaya karar veriyor. Sonra eşşeğe dönüşüyor ve tamamiyle madara oluyor. Yine çok küfürlü ve çok açık saçıktı ama Aşık Memo gibi bilge değildi. Üstelik kız arkadaş ediniyor da.

Ben Bir Eşşeğim, Lombak, 2002. Terkedilince dertleşmek için Oky'ye gidiyorum

Sonra o kız arkadaş beni terkedince terkedilmemi de çizdim ve Ben Bir Eşşeğim'i de çizmeyi bıraktım.

Ben Bir Eşşeğim, Lombak, 2002

Lombak'ta Bahadır Baruter'in nasıl bir yönetim anlayışı vardı?

Bahadır L-Manyak'ta editör olarak süperdi.

İnsanları çok güzel motive ederdi. Kimi nerede, ne şekilde kullanacağını iyi bilir, iyi ayarlardı. Herkesle tek tek ilgilenir, ekip ruhunu ayakta tutardı. Her şeyi bize sorarak yapardı. Lombak'ta ise ekiple birebir ilgilenen bir editörlükten, her şartta işleri yürütmesi gereken bir patrona doğru evrildi. Ben de şimdi patron olduğum için şu an ona pek çok açıdan hak veriyorum. Ama o zaman ilişkimiz yakın arkadaşlıktan o noktaya ilerlemiş olduğu için çok canım sıkılıyordu. Ama dediğim gibi, o dönem ben çok bunalımlıydım.

Dünyanın En İğrenç İnsanı,
Lombak, 2005

"Dergiyi sevmiyorum, Bahadır'ı sevmiyorum, mesleği sevmiyorum" diye takılıyordum. Bu yüzden o dönemki duygularım çok objektif olmayabilir.

Ama aynı dönemde çok iyi işler çıkartmıştın...

Böyle, hayata karşı sinirli olduğum zaman, yeni bir şey çıkartabiliyorum. Hem kendime hem insanlara kızıyorum ve benden en beklenmeyecek şeyi, kendimin bile beklemeyeceğim şeyi yapmaya çalışıyorum. Kız arkadaş edinememe siniriyle Aşık Memo'yu yaptım. Davaların ve Bahadır'ın siniriyle, herkesin sevdiği Aşık Memo'yu ve Şehitler'i bozup Ben Bir Eşeğim'i yaptım. Kız arkadaş beni terk edince onu

ZORT! köşesi içinde Rrospu Çocuğu Memo, Kemik, 2005.

anlattığım Ben Bir Eşşeğim'i de bozup, çizgisi tamamen karalamaya benzeyen ZORT! Köşesini, 'Dünyanın En İğrenç İnsanı Memo'yu ve Rrospu Çocuğu Memo'yu çizdim.

Lombak'tan bir yıl sonra Bahadır Penguen'i çıkarmaya karar verdi. "Asıl dergi haftalık dergidir" gibi düşünmüş olabilir. Haftalık dergi, aylık dergiden daha az bile satsa, piyasada sanki esas dergi oymuş gibi anlaşılıyor. Çünkü haftalık derginin siyasi bir duruşu oluyor. Halbuki L-Manyak ve Lombak ölçüsündeki aylık çizgi roman dergisi formatını yaratan kendisiydi. Bir ekol yarattı, bu ekolü sahiplenmesini beklerdim ama o, Penguen'i sahiplenmeyi tercih etti.

Dünyanın En İğrenç İnsanı, Lombak, 2005

Rrospu Çocuğu Memo, ZORT! köşesi içinde, Kemik, 2005

Penguen'den sonra Lombak'ın eki Kemik'i ayrı dergi olarak çıkarttı. Böylece üç dergi olmuş oldu.

Bahadır'ın anlayışı "Herkes Her Yere Çizsin" idi. Çoğu çizer hem Lombak'a, hem Kemik'e hem Penguen'e çiziyordu. Bir yandan, iki üç dergiye çizip, iki üç katı para kazanmak herkese cazip geliyor. Ama öte yandan, öyle bir enerji kimsede yok. Ya da çok az kimsede var. 20 kişiden belki iki kişi çıkar. Mesela Bahadır, L-Manyak'ın editörlüğünü yaptığı zamanlarda Leman'daki köşesini hiç aksatmadı. Ama işte, kendisinin ekstra bir enerjisi var. Ama çizer normali bu değil. Çizer, haftada bir, ayda beş, altı sayfa çizer. Aradaki boş günlerde kafayı toparlaması lazım.

Ayrıca sahiplenme meselesi de var. Bir kişinin iki üç ayrı dergiye odaklanması mümkün değil. Herkes, her yerde çizmeye başlayınca, kim, hangi dergiyi sahiplenecek? Çizerin, çizdiği dergiyi sahiplenmesi gerekiyor. Kendisini bir derginin ruhuna, felsefesine, ekibine ait hissetmesi gerekiyor. Üç dergiye birden çizen adam ister istemez en güçlü gözükenine yanaşır, diğer iki dergi çöker. Zaten çöktü de.

Ben o dönemde Bahadır'ı buna çok ikna etmeye çalıştım, "Kuma getiriyorsun, Lombak'ı aldatıyorsun" dedim,

Dünyanın En İğrenç İnsanı, Lombak, 2005

Rrospu Çocuğu Memo, Kemik, 2005

ama beni önemsemedi. Leman'dan Erdil (Yaşaroğlu), Selçuk (Erdem) ve Metüst'ü aldı, dördü birlikte Penguen'i kurdular.

Şimdi, bir tarafta sıfırdan dergi kurmak riskini alarak L-Manyak'tan ayrılan bir ekip var. Lombak ekibi. Sonra bu Lombak ekibi, çalışan olarak devam ediyor. Hazır kurulmuş ve işlerlik kazanmış müesseseye sonradan risk almadan gelenler patron oluyorlar. Bu durum ciddi bir mesleki tatsızlık yarattı. Yıllarca da bu şekilde devam etti.

Bahadır, Penguen çıkarken Oky ve benden Çarpışma'yı çizmemizi istedi. Çarpışma, Lombak'ta Oky'nin yazdığı benim çizdiğim, tek maceralık bir öyküydü. Penguen'e onu yaptık

2003, Lombak ofisinde Oky ile eğleniyoruz.

Çarpışma, Penguen, 2003

Oky'yle birlikte. Oky'yle çizgi anlayışımız da yakındı. Birlikte çok uyumlu çalışabiliyoruz. Bir kaç sene önce de 'Metin Annesini Arıyor'u çizdik. Oky yazdı ben çizdim. Oky'yle böyle ortak bir iş yaptığımızda karakterleri beraber konuşup tasarlıyoruz, ortak tanıdığımız kişilere rol veriyoruz. Çıkıp mekan dolaşıyoruz, şu sahne şurda geçsin, şu karede arkadan şu gözüksün falan diye. Çarpışma, bir ilişki hikayesiydi.

Zaten Oky ilişki öykülerinin ve diyaloglarının ustası. Ben de o sırada ilk defa kız arkadaş edinmiş ve ilk defa terkedilmiş bir kişi olarak 'ilişki'yle çok ilgiliyim. Bütün yan tipler o dönem birlikte barlara,

Gizli Bahçe'ye falan takıldığımız, Olimpos'a tatile gittiğimiz arkadaşlarımız, gerçek kişiler. Tam ikimizin ruh haline uygun bir işti ve çok da popüler oldu. Oky şimdi hala kendisi yazıp çizmeye devam ediyor Çarpışma'yı. Ama işte o zaman ben üç dergide birden iş çiziyordum. Çarpışma'yı iki hafta çiziyorum, üçüncü dördüncü hafta Lombak zamanı geliyor, Kemik vakti geliyor, çizemiyorum. Bir de zaten işten çok kızların peşinde olduğum için biraz savsaklıyorum, her hafta geç kalıyorum, dergi beni bekliyor falan. Sonunda Selçuk'lar böyle düzensiz

Çarpışma, Penguen, 2003

gideceğine bitsin dediler. Ben de dünden razıyım zaten, bitirdik Çarpışmayı. Son sayısının çinilenmemiş kurşun kalemi evde duruyor hala.

Ben bu arada sevgili yaptım, terkedildim, yeni sevgili yaptım, yine terkedildim. Uğraşınca kız arkadaş edinebildiğimi ve sevişebildiğimi kendime kanıtladıktan sonra kızların peşinde koşturmayı bıraktım. Olayı doğal sürecine bıraktım. O sıralarda bir imza gününe gitmiştik. Baktım, Kemik'te çizen, işe yeni başlamış olan çocuklar bile benden çok ilgi görüyor. Bana kimse ilgi göstermiyor. Orada anladım ki, iki üç ay ortadan kaybolsan, bir daha kimse seni hatırlamaz.

Ben de, işi çok boşlamıştım. Popüler şeyler çizmiyordum. Sinirle başka şeyler yapıp duruyordum. "Ulan" dedim "benden popülerlik kaçıyor. Yakalamam lazım." O aralar Penguen'de "biri şöyle Osmanlı bir tip çizse" diye konuşuluyordu. "Bunu ben çizerim" dedim. 1800'lerin sonu 1900'lerin başı gibi bir dönemde çizilmiş gibi karikatürlerden oluşan 'Yağlı Geçmiş Zaman' diye bir köşe yapmaya başladım. O köşenin içinde de 'Fevkalbeşer' diye Süpermen'in Osmanlı versiyonunu çizdim. Gerçekten popüler oldu. Popülerlik elden gidiyor diye tekrar abanıp çizince bir kez daha yakaladım popülerliği...

Fevkalbeşer'in ilk macerası, Yağlı Geçmiş Zaman, Penguen, 2004

Abdülcanbaz okur muydun?

Yağlı Geçmiş Zaman, Penguen, 2004

Fevkalbeşer ile aynı dönemde geçiyordu.

Evet. Küçükken çok severdim. Milliyet'te günlük yayınlanırdı, hemen koşturup gidip babamdan gazeteyi alıp onu okurdum. Gözlüklü Sami'nin politik laflar ettiği monologlardan sıkılırdım ama bilim kurgu ya da tarihi hikayeleri çok severdim. Fevkalbeşer'in bıyıkları ve Osmanlı tokadı herhalde Abdülcanbaz'dan gelmiş.

Popülerliği yakalayınca ne oldu? Bir de nasıl birdenbire popüler olduğunu anlıyorsun?

Çizerler arasında konuşuluyorsun. İnsanlar sana gelip o hafta çizdiğin şeylerden bahsediyorlar. Gözündeki ışıktan

anlıyorsun işi gerçekten beğendiğini. Okurdan da tepki geliyor. Basının ilgisini çekiyor. Fevkalbeşer ile ilgili bir sürü röportaj verdim.

-Ah evlâdım, ne olacak senin bu vaziyetin? Hiç olmazsa yaz vakti şu askeriye çizmelerini giymesen...
-Çok recâ ederim vâlidânım, üzerime gelmeyiniz!.. Usandım bu ailevî istibdattan!..
-Bak sen şu deyyusa!.. Edeb öğrensin deye musikî dersine gönderdik, başımıza külhanbeyi oldu teres!..

Ama, bir yandan da, çok çaba harcıyordum. Haftalık dergiye öykü çizmenin, şöyle bir kötü yanı var: Konuları peynir ekmek gibi harcıyorsun (ho ho). Çok güzel bir şey buluyorsun. Bir done buluyorsun ya da bir tip buluyorsun. Bir kötü adam

Fevkalbeşer, Penguen, 2004

Yağlı Geçmiş Zaman
Penguen, 2004

buluyorsun. Fevkalbeşer'in her sayısında bir tane kötü adam vardı. Bir hafta uğraşıp didinip, bunun kurgusunu yapıp çiziyorsun. Ama haftaya elin tekrar bomboş ve güzelim kötü adam bitmiş, harcanmış durumda. İki ay sonra hatırlayanı yok. Aylık dergide bir yıl boyunca üzerinde düşüne düşüne işleyebileceğin güzelim konuları, çabuk çabuk, kısa kısa, üstünkörü işleyip bir kaç ayda harcamış oluyorsun. Aylık derginin tek bir öyküsü, bir film projesi gibi. Konu üzerinde düşünmek, ilgili yerleri dolaşıp mekan bakmak, senaryoyu kurgulamak ve çizmek için geniş zaman var. Basıldıktan sonra da o dergi piyasada bir ay boyunca konuşuluyor, ediliyor. Hem çizerken, hem çizdikten sonra, aylık dergi sana bir tatmin veriyor. Haftalık dergiye hakkıyla çizmek insanı kısa sürede çok bunaltıyor,

Yağlı Geçmiş Zaman Penguen, 2004

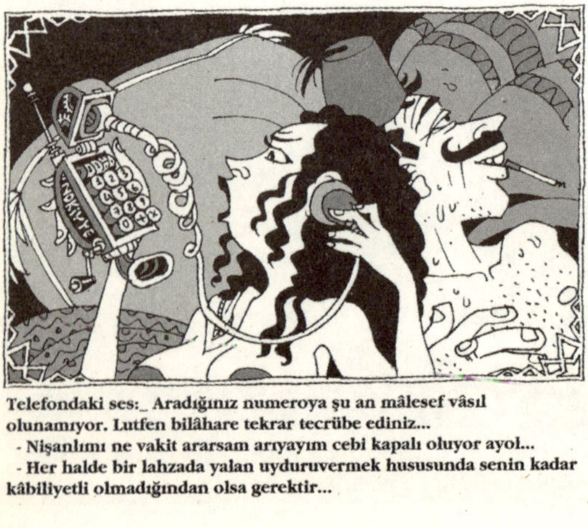

Telefondaki ses:_ Aradığınız numeroya şu an mâlesef vâsıl olunamıyor. Lutfen bilâhare tekrar tecrübe ediniz...
- Nişanlımı ne vakit ararsam arıyayım cebi kapalı oluyor ayol...
- Her halde bir lahzada yalan uyduruvermek hususunda senin kadar kâbiliyetli olmadığından olsa gerektir...

1- Zevciniz sizden ayaklarını yıkamanızı istedi..
a) Hemmen yıkarım
b) Evvelâ yalarım

2- 8 Mart kadınlar günü ne yaparsınız?..
a) Kadınlar gününde zevcimin kadınlarla eğlenebilmesi içün duâ ederim
b) Kadınların erkeklere ait olduğundan hareket ile, zevcimin erkekler gününü kutlarım.

3- Zevciniz cîma arzu ediyor ammâ sizin başınız ağrıyor...
a) Ağrı kesicü alırım
b) Başım ağrıyor ise kıçım da ağrımıyor a!..

4- Zevciniz cîmâ arzu ediyor ammâ siz muayyen gününüzdesiniz..
a) Gebelik nâmümkün olacağından sevinerek cîmâ ederim
b) Gebelik nâmümkün olacağından üzülerek cîmâ ederim

5- Zevciniz cîmâ arzu ediyor ammâ siz arzu etmiyorsunuz...
a) Böyle bir şey kat'î surette nâmümkündür
b) Ehl-i nâmus bir kadın olarak cîmâ vazîfemdir, cîmâyı arzu edebilmem zâten nâmümkündür

a'lar ekseriyette:
Şâhâne bir zevcesiniz
b'ler ekseriyette:
Hârikulâde bir zevcesiniz...

yıpratıyor.

Sonra kendime dedim ki "tamam, ben popülerliği kaybediyordum, uğraştım, yakaladım, ama ben hayatımı bu çabaya adayamam."

Okuyucu gözüyle söyleyeyim. Yağlı Geçmiş Zaman'da gerçekten çok büyük emek vardı. O kadar çok tarihsel ayrıntı vardı ki. Beni her seferinde şaşırtıyordu.

Yağlı Geçmiş Zaman Penguen, 2004

Evet, o zamanlar sahaf dolaşmayı, eski dergiler kitaplar okumayı çok severdim. Eski reklamlara, gazete makalelerine falan çok bakardım. İşin edebi kısmı değil de, gündelik hayat, pop kültür, ucuz roman kısmı ilgimi daha çok çekiyor. 'Arsen Lupen'i, Mayk Hammer'i ve Fantoma'yı zaten çok fazla okumuştum.

Sonra, 'geç kaldın, kalmadın, işin girdiydi girmediydi' derken, Yağlı Geçmiş Zaman'ı çizmeyi bıraktım. Bu defa onlar bitsin demediler ama ben peşinden koşmadım.

O sırada Bülent ayrılıp dergi yapmaya karar verdi. Ben zaten çok mutsuzdum, Bülent de eski dostum, hemen atladım projeye. Fermuar'ı çıkardık.

Fermuar'da neler oldu?

Bülent çok iyi bir çizerdir. Karikatürde de, çizgiromanda da. Yaptığı işlerde, çizdiği karakterlerde her zaman bir şeytan tüyü bulunur. Çizerlikte beni de çok yönlendirdi, ondan çok şey öğrendim. Yaşı benden küçük ama, eğer bu meslekte bir ustam varsa, Bülent'tir. Fakat Bülent özgür ve kaygısız olduğu zaman parlıyor. Sanırım dergi yönetme sorumluluğu Bülent'i fazlasıyla strese soktu.

Bir de şöyle de bir durum da var. Bülent'in yaptığı en önemli iş Şerafettin... Ama haftalığa gitmiyor.

Bülent'le birlikte ben de, Oky de çizgiromancıyız. Oysa, Fermuar haftalıktı. Yani hepimiz çizgiromancıyız, ama haftalık dergi çıkardığımız için karikatür çiziyoruz ya da çizgi romanı haftalığa, bu dergiye sokuşturmaya çalışıyoruz. Yani bu durum formatta gariplik yarattı. Ben derginin boyutuna, periyoduna, ya da içeriğine müdahale edemedim. Dolayısıyla "Bu benim dergimdir" diye sahiplenemedim.

Fevkalbeşer, Fermuar, 2006

Fermuar kaç sayı çıktı?

Bir yıl kadar...

Dergiyi sahiplenemeyince ne yaptın?

Bülent'e "ben çizmeyeceğim" dedim. Fermuar'dan ayrılıp öbür tarafa geri döndüm. Ben geri dönünce Bahadır bana "Ne çizeceksin?" diye sordu. Çünkü son işime, yani Lombak'a dönmedim, Lombak'tan ayrılıp Fermuar'a, sonra Fermuar' dan ayrılıp Penguen'e geçmiş oldum (ho ho).

Bahadır genellikle bir çizerden ne çizerse çizsin kabul etmek yerine, "şöyle bir şey çiz" diye o çizerin iyi yaptığını ya da yapabileceğini düşündüğü belli bir iş ister. Ben de uzun zamandır internette filan yazılar yazıyordum. Sonradan çoğunu FAK kitabına koyduğum yazılar... Bahadır 'O yazdığın yazılardaki gibi mevzuları çizerek anlat' dedi. Ben de Penguen'e "Utanmadan İddia Ediyorum"u çizmeye başladım. Utanmazlığı ele aldıktan sonra her türlü bilimsel, felsefi ve siyasi meseleye dair teorilerimi dile getirebiliyor oldum bu köşede. Komiklik kisvesinde anlatıyorum ama

Utanmadan İddia ediyorum, Penguen, 2006

gerçekten inanmadan anlattığım bir şey de yok, hepsinin zemini sağlam. Tabi başta konu sonsuz gibiydi ama 10 seneye yaklaştı ve artık zorlanıyorum. Bazen hep aynı şeyleri anlatıyormuşum hissi yaşıyorum. Ama yine de en çok severek ve en uzun süre çizdiğim şeylerden biri o.

Bilime hep bir ilgin vardı ama değil mi?

Evet. Küçükten beri ansiklopedi okumayı çok severim. Sözlük okumayı severim. Roman yerine araştırma inceleme kitapları okumayı tercih ederim. Ortaokuldan beri Bilim ve Teknik alıyorum, aksatmadan. Ta orta birdeyken bile Bilim Teknik'teki astrofizik, görelilik ve kuvantumla ilgili bütün makaleleri, anlamasam bile sonuna kadar okurdum. Bir yerden sonra anlamaya başlıyor insan. Bilimsel alanda genel teorileri kavrıyorum. Ayrıntıda uzmanlık bilgim yok, hesaplama işlerine hiç girişemem, ama mesela 'evrim nedir' desen anlatırım, her türlü evrim karşıtı savı çürütebilirim. Ya da astrofizik anlatırım. Kuvantum anlatırım. Küçükken bilim adamı olmayı çok isterdim, ama artık akademisyen olabilme yaşım geçti. Hayatta bir müzisyen olamadığıma üzülüyorum, bir de bilim adamı olamadığıma. Gerçi bilim adamı oldum sayılır, Açık Öğretim Sosyal Bilimler bölümü mezunuyum (ho ho).

Neyse. Bir sene Penguen'de Utanmadan İddia Ediyorum'u çizdim.

Utanmadan İddia ediyorum, Uykusuz, 2009

Penguen'de o sırada kimler ve nasıl bir ortam vardı?

Penguen'de ufak bir oda vardı. Orada, Ersin (Karabulut), Umut (Sarıkaya), Uğur (Gürsoy) çalışıyorlardı. Fermuar'dan sonra Oky'yle ben de o odaya yerleştik. Yiğit (Özgür) de yan odadaydı.

Oky benim kuşağımdan. Pişmiş Kelle'den beri tanıyorum,

Utanmadan İddia ediyorum, Penguen, 2006

Utanmadan İddia ediyorum, Uykusuz, 2008

L-Manyak'ın son zamanlarından beridir de yakın arkadaşız. Yeni çıkan dergilerin kurucu kadrolarında bulunmuşluğumuz da çok, kendi dergimizi yapma planları yapmışlığımız da çok. Umut, Ersin, Uğur ve Yiğit bizden sonraki kuşaktan, aramızda 10 yaş kadar fark var. Uğur, o sırada, Penguen'de küçük bir köşe çiziyordu. Amatörlükten yeni çıkmıştı ama muhabbet ortamımızdaydı. Sonradan Uykusuz'da popüler işler yapmaya başladı. Umut ilk başta Kemik'te bir sürü köşeler ve tipler yapmıştı. Sonra Penguen'de çizmeye ve yazı yazmaya başladı.

Utanmadan İddia ediyorum, Uykusuz, 2008

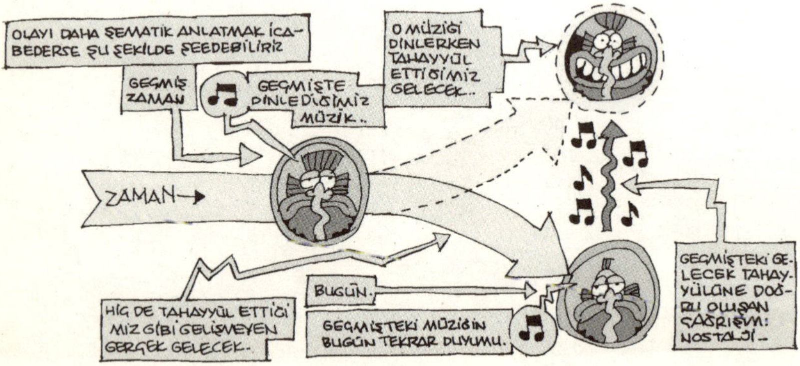

Oralardan muhabbetimiz vardı. Ersin Lombak zamanı gelmişti, sonradan Penguen'deki Sandık İçi köşesiyle parladı. Onunla da Lombak'ın başlarından beri arkadaştık. Yiğit de Penguen'le çok popüler olmuştu. Onunla diğerleri yakındılar ama benim eskiden çok tanışıklığım yoktu, onunla da Uğur gibi bu muhabbet ortamında arkadaş oldum.

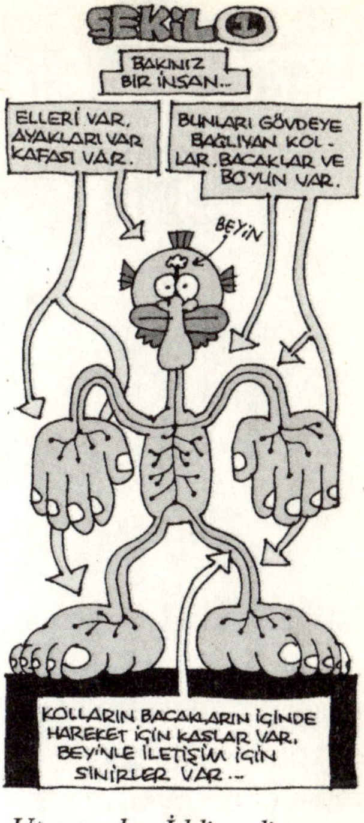

Utanmadan İddia ediyorum, Penguen, 2006

O odada bir muhabbet ortamı oluştu. Her sabahlama sonrası hep beraber çıkıp kahvaltı falan etmeye başladık. Bir yıl kadar bu böylece sürdü. Tabi ki olay eninde sonunda bütün çizerlerde olan "yeni bir dergi yapalım" muhabbetine vardı. Olurdu olmazdı derken bir gün ofisi tutuverdik. O zaman iş ciddiye bindi. Mürekkep Yayınevini kurduk. Altı ortaklı. Ben, Oky, Ersin, Yiğit, Uğur, Umut. Uykusuz dergisini çıkardık. O zamana kadar pek çok derginin kuruluşunda ve editörlüğüne yakın noktalarda bulunmuştum

Utanmadan İddia ediyorum, Uykusuz, 2009

ama bu defa ilk kez bizzat ortaklarından ve yöneticilerinden biri oluyordum. Bu açıdan hepimiz çok heyecanlıydık.

Peki, Uykusuz senin dergin oldu mu?

Evet, yönetiminde söz sahibi olduğum için benim dergim olabildi. Fakat Fermuar'daki haftalık dergiye çizgiroman yapmak problemi benim için burada da yok değil. Aslında çizgiroman yapmak istiyorum ama haftalık dergide kısa öykülere sıkışıp kalıyorum. 'Devamı haftaya' şeklinde devam eden uzun öyküye ise hiç girişemedim. Hem haftalık çalışma temposuna uyum sağlıyacağım, hem de çok uzun vadeli bir işe konsantre olacağım, bugüne kadar yapabildiğim bir şey değil. Ersin yapabiliyor mesela, ona çok özeniyorum.

Dergi dışında yayınevimiz de benim için önemli. Mürekkep Yayınevi'nde yayıncılığa önce kendi kitaplarımızı basarak başladık. Sonra bütün çizerlere doğru genişlettik. Ortaokuldan beri çok severek okuduğum Gırgır dönemi çizerlerinin albümlerinin olmamasına hep çok üzüyordum. Galip Tekin, İlban Ertem, Suat Gönülay, Bülent Arabacıoğlu, Kemal Aratan gibi. 'Uykusuz Klasikler Dizisi' başlığıyla onların o dönemki işlerinin albümlerini yayınladık. Bu albümlerin yayıncısı olmak, şu ana kadar en büyük mesleki başarıdır benim için. Benim için hem çocukluk hayaliydi, hem de bir tür vefa borcuydu bu. Ben yayınevini daha da büyütelim, yabancı

çizgiromanlar yayınlayalım, çizgiromanla bağlantısız da olsa kültürel kitaplar yayınlayalım, Levent Cantek'in kapanan çizgiroman araştırmaları dergisi Serüven'i tekrar biz çıkaralım falan istiyorum ama bir iki yabancı çizgiroman denememiz iyi satmadı. Nasıl ilerleyeceğimiz konusunda arkadaşlarla henüz fikir birliğine varamadık.

Altı ortakla karar almak nasıl oluyor? Profesyonel bir yöneticinin eksikliğini duyuyor musunuz?

Evet aslında bir yöneticimiz olması lazımdı. Uykusuz'u altı kişi kurduk ama altı karar mercii olmuş oldu. Altı kişi hep beraber, ne şirket yöneticiliği, ne de dergi editörlüğü yapılabiliyor. Her zaman bir tane karar

Armutlar, Uykusuz, 2007

mercii lazım. Bir Bahadır'ımız olsaydı iyi olacaktı.

Ne tür sorunlar çıkıyor?

Bir karikatürist, kendi içine kapanıp sadece kendi işine konsantre olarak çalıştığı için, bütün dergi bu şekilde oluveriyormuş hissine giriyor ister istemez. Fakat bir derginin işleyişi içinde bir sürü görev var. Karikatür çizmek, gündem espirisi bulmak, köşe yapmak, sayfa planını oturtmak, öykü kurgulamak, editörlük yapmak, muhasebe, işletme müdürlüğü, pazarlama müdürlüğü, şirket yöneticiliği gibi.

Bunların her biri ayrı işler, ayrı uzmanlıklar. Biz hepimiz aslında karikatürist olduğumuz için bu görevlerin sonradan farkına vardık. Bu yüzden bunları nasıl yürüteceğimiz, çeşitli durumlarda ne yapacağımız konusunda fikirlerimiz de biraz farazi. Kitap telifleri ne olacak? Şu kişi şöyle bir şey talep etti, ona ne denilecek? Yayınevi karda mı zararda mı? Kardaysa ne yapacağız, zarardaysa ne yapacağız? En basit bir olay bile, örneğin, "ofise çay alalım mı" bile haftalarca konuşuluyor. Konuşulup konuşulup bir karara varılamıyor (ho ho).

Yine de altı ortak, sekiz sene idare ettik. Hiç fena değil. Biraz yavaş hareket etsek de ilerliyoruz.

Umut Sarıkaya'nın ayrılışı nasıl oldu?

Umut tek başına çizip tek başına dergi çıkarmak istedi. Gayet cesur bir girişim, herkesin kafasında olur, kimse uygulamaz. Umut uyguladı. Fakat keşke bu girişimi buradaki ortaklığını bitirip yapsaydı. Şu an kendisi, kendi şirketinin rakibi durumunda. (ho ho)

Yayıncılık dışında, çizerlik açısından, işin en güç yanı konu bulmak herhalde.

Evet. Sadece çizmek olsa son derece zevkli bir iş. Ama sorun konu bulmak olunca bayağı eziyetli bir yönü var.

Öykü mü yapmak mı daha kolay karikatür mü senin için?

Ben yıllarca karikatür çizdim ama bünyem karikatüre o

kadar uygun değil. Düşündüğüm şey, karikatür anlayışına ne kadar yaklaşıyorsa, beni o kadar yoruyor. Karikatür demek, bir konunun en vurucu noktası demek. Hedefi tam on ikiden vurmak demek. Iskalama şansın yok. On ikiden değil on birden vuramazsın. Bana çok stresli geliyor. Ben kurgu yapmayı seviyorum. Bir konunun çevresinde dolaşmak, planlı yaklaşmak, en uygun zamanda saldırmak. Uzun uzun boğuşmak, final darbeyi indirmek.

Öykü düşünürken genelde neler yapıyorsun?

Haftalık dergide genellikle koltukta yarı uyuklayarak konu düşünüyorum. Uzun öykü düşünürken ise yolda günlerce tur atıyorum. Yürürken kafam daha iyi çalışıyor. Klasik güzergahım Tünel Mecidiyeköy arası. Sonra, kafeye oturuyorum, mesela şimdi oturduğumuz Mefisto'ya. Saatlerce oturuyorum. Ya da evde duruyorum. Konuyu bağlayana kadar hiç bir şey yapmadan durduğum, oturup düşündüğüm uzunca bir zaman oluyor. Ama tabi aslında herkes konu ararken farklı bir süreç yaşıyor. Mesela Oky'nin hiç oturup da düşündüğünü görmedim. "Bak şöyle bir şey buldum" diye anlatıyor. Günlerdir geyik yapıyoruz, yirmi dört saatinden haberdarım, ne zaman düşündün

Makul Koca Memoşko, Uykusuz, 2012

de buldun? Anlayamıyorum. Herhalde konuşurken kafasının bir tarafıyla konu düşünüyor, bilmiyorum (ho ho).

Amerikan çizgi romanlarında gördüğüm şöyle bir şey var. Öyküyü yazan ayrı, resimleyen ayrı, hatta gölgeleyen de ayrı.

Evet. Amerika'da öyle. Bizde de Gırgır döneminde yazanı çizeni ayrı öyküler, köşeler, karikatürler vardı. Sadece espirici ya da sadece öykücü olarak çalışan insanlar vardı. Şimdi yok. Hem Oğuz Aral'ın vizyonu ve kurduğu kültür unutulduğu için yok, hem de piyasa çok daraldığı için yok. Bir insanı yetiştirmek, o insanın otaya çıkabileceği ortama yatırım yapmakla mümkün. Bugün mizah piyasasında böyle maddi bir ortam yok. Ama Amerika'da çizgiroman piyasası Hollywood gibi. Çizgi roman yapmak, bayağı film prodüksiyonu gibi... Bir kitabın editörü var, öykücüsü var. Senaristi var. Diyalogçusu var. Kurşun kalemcisi var. Çinicisi var. Artık benim bilmediğim neler neleri var. Bayağı bir ekip çalışıyor.

Avrupa'da da böyle bir ihtimam var mı?

Fransızlarda, Amerikalılar kadar yok belki ama yine yayınevlerinin editöryel çalışmaları oluyor, bir prodüksiyon yapıyorlar. Bir adama bir albümü çizmesi için bir yıl, iki yıl para ödüyorlar.

Son yıllarda Levent Cantek mizah dergilerinden bağımsız şeklide, kendi başına böyle bir ortam yaratma çabasında. Kendisi öyküler yazıyor, çizerlere çizdiriyor. Çizeri geçindirecek kadar bir para kazanmıyorlar, yılda belki bir kitap falan çıkıyor ama Cantek'in çabası ve azmi bence çok değerli. Sektöre yapılan her yatırım sektördeki herkese yarar. Cantek sevilirse biz de seviliriz, biz sevilirsek Japon Manga'lar, American Comic'ler, İtalyan Fumetti'ler de sevilir.

Biz, Uykusuz'u kurduktan sonra bir kaç kez Fransa'ya, kendi işlerimizi göstermek için gittik. Hala da görüşmeler yapıyoruz. Kitaplarımızı orada yayınlatmak istiyoruz ama bu biraz zor. Çeviri meselesi zaten hemen geri durmalarına sebep oluyor. Çevirtecek, ancak o zaman yayınlamaya değer mi görecek, bu masraflı ve riskli bir uğraş. Biz çevirtip onlara sunsak, aynı masraf ve risk bizim için geçerli. Görüşmelerde biz onlara kitap satmaya çalışıyoruz, onlar da bize kitap satmaya çalışıyorlar. Bize daha çok, yayıncı olarak değil de 'birinin öyküsünü çizecek bir çizer' gözüyle bakıyorlar. Çünkü çizgileri beğeniyorlar. Ben "orada bir çizer olarak başlayayım" diye düşünsem, kalite açısından zor değil. Çünkü Türkiye'deki çizer kalitesi, oradakinden farklı değil. Görünce şaşırıyorlar, sizde ne kadar yetenekli çizerler var diye. Türkiye'deki çizgi dünyasından hiç haberleri yok.

Biraz kendi kabahatleri değil mi?

Biz ama işlerimizi pazarlamayı henüz başarabilmiş değiliz. Fransız-Belçika çizgi romanı denildiğinde ise dünyaya yayılmış bir sektör var. Amerikan ve Japon çizgiromanı da öyle.

Peki, çizerler nasıl öykü buluyor? Bu çok zor bir süreç midir?

Dediğim gibi, herkesin çok kişisel bir yöntemi var. Bazısı karikatür esprisi gibi küçük küçük şeyler buluyor. Bir şekilde birbirine bağlamaya çalışıyor. Bazısı karakterler üzerinden bir diyalog, bir ilişki ilerletmeye çalışıyor. Ben ancak kendi yöntemlerimi anlatabilirim.

Başlangıçta elimde sadece karakterler var tabi. Önce ana konsepti belirlemem gerekiyor. Ne çizeceğim? Nasıl bir öykü düşünüyorum? Bir distopya mı düşünüyorum? Bilim kurgu mu düşünüyorum? Tatilde mi geçecek? Okulda mı geçecek? Ya da belli bir tarzın, belli bir eserin parodisini

2011, Uykusuz Yaz'daki Lobotomi öyküsünün not defterine yapılmış karelemesi.

mi düşünüyorum? Ana konusuna ve genel atmosferine karar vermem lazım. Kafamda not almış olduğum konu başlıkları, doneler oluyor. Onlar kafamda demleniyorlar, olgunlaşıyorlar. Zamanı gelince birini seçiyorum.

Genellikle konunun varmasını istediğim yer baştan belli oluyor. Sonra karakterleri kafamda o konunun, o atmosferin içine sokuyorum. Ne yaparlar? Nasıl davranırlar? Bu ortamdaki meseleleri nedir? O istediğim noktaya onları nasıl ulaştırırım? Karakterlerin davranışlarına, durumlar karşısında takınacakları tavırlara göre onları o noktaya vardıracak olaylar yaratmaya çalışıyorum. Düz bir adamın kurguyu yönlendirmeye uygun tepkiler vermesi zor, o yüzden karakterlerin hep belirgin karikatürize özellikleri oluyor. O yüzden mesela Şehitler öyküleri hep Memcoş'un sinirli olması, Bülent'in zevk ve heyecan peşinde koşması, Bahadır'ın çok evcimen ve çok şaşkoloz olması üzerine gelişiyordu. Son dönemde Barış'ı (Uygur) çizmeyi çok seviyorum. Gerekirse sinirli ve hırslı, gerekirse lakayıt ve

2015, Uykusuz Kış, Makul Koca Memoşko'nun İhtimaller Arası isimli özel bölümü.

neşeli. Akıllı ve kurnaz davranıp bir düğümü de çözebilir, beklenmedik bir anda sinirle bir delilik yapıp karmaşa da yaratabilir. Her kurgusal problemde faydalanabiliyorum ondan. Böyle böyle öyküyü bazen istediğim yere çok isabetli vardırabiliyorum. Bazen de öykü bambaşka bir noktaya varıyor ama ilk düşündüğümden daha iyiyse o şekilde devam ediyorum.

Mesela en son Uykusuz Yaz'da çizdiğim öykü üzerinden anlatayım. Kış dergisindeki öykü...

İnterstellar filmi vardı. Oradan yola çıktım. Başta onun parodisi gibi düşünmüştüm ama sonra parodiden uzaklaştı, sadece öykünün çatısı İnerstellar gibi kaldı. O filmi yapmak istedim, çünkü adam, kızına duyduğu sevgi ile görev sorumluluğu arasında kalıyordu. Kendimi de aynı çelişki içinde görüyorum gerçek hayatımda. Öyküde onların yerine kendimi ve Çakıl'ı koydum. Bir de filmde kara deliğe girip boyut falan değiştiriyordu ya, onu da çizerlikle ilgili bir

probleme bağlamak istedim. Yirmi sene önce çizdiğim, Yerebatan Sarnıcı'nda geçen bir L-Manyak Şehitleri öyküsünde Oğuz Aral'ın ruhu vardı. Onu, filmdeki

kara delik gibi boyut değiştirme kapısı olarak kullanayım dedim.

Şimdi bu iki doneyi nasıl kullanacağım? Hem kızımla bir mesele yaşayacağım, hem işimle ilgili bir mesele yaşıyacağım.

Bunları da bilim kurgu gibi, fantastik gibi bir öyküde nasıl birleştireceğim?

Dedim ki, Çakıl ile ne gibi bir problem yaşayabilirim? Öykü gelecekte geçiyor, Çakıl büyümüş. O zaman kuşak çatışması yaşayalım. Normalde baba tutucu, çocuk özgürlük peşinde olur, ama ben normalde hippi, özgürlükçü bir insan olduğum için Çakıl muhafazakar olsun. Zaten dünya da bu tarafa doğru gidiyor, o açıdan gerçek hayatla uyumlu. Buradan hareketle Çakıl'la aramda Çakıl'ın baş örtüsü takması üzerinden tartışmalar çıkardım.

Peki mesleki problem nedir? Düşen tirajlar, karikatürlerin internette değersizleşmesi. İnternetin etkisiyle mizah dünyasının yok olması. Bu da gerçek. Dedim ki artık mizah dergisi kalmamış olsun, ben de yaşlanmış ve bir markette kasiyerlik yapıyor olayım. Karamsar distopik atmosfer.

Bu iki meseleyi şöyle birleştirdim: Oğuz Aral'ın ruhunun

açtığı kapıdan, bir ihtimaller boyutuna geçiliyor. Mizahın ölmediği, her bir mizahçının kendi mizahıyla çok başarılı olduğu bir sürü farklı ütopik ihtimalin bulunduğu bir boyut. Onu keşfedince, Çakıl'la kavga etmediğim bir dünyaya ulaşabilmek için kendi başarılı olduğum ihtimale gidiyorum. O dünyada bir çizgiroman sektörü kurmuşum, ama sadece işle uğraştığım için aile kuramamışım. Çakıl hiç olmamış yani.

O fantastik dünyayı mizah mesesi yapıp, kendi hayatımdaki bir ikilemi ortaya koymuş oldum böylece. Kendimi mesleğime mi vereceğim, aileme mi?

Biraz orta yaş sorunu gibi. Değil mi?

Evet, ilerleyen yaşla birlikte zamanın daralması yüzünden

ortaya çıkan bir problem. Şu anda çok içinde yaşıyorum. Eskiden tüm hayatımı işe verirdim. Şimdi ailem var, çocuğum var. Oraya da dikkatimi vermem gerekiyor. Fakat dikkatimi tek bir şeye verebilirim. Aileme mi dikkatimi vereceğim, yoksa bugüne kadar olduğu gibi asıl hedefim iş mi olacak? Tüm dikkatimi aileme verirsem, meslek elden gidecek, o zaman ailemin huzur ve güven ortamı da elden gidecek. Ailemin mutluluğu için ailemi ihmal etmek zorundayım.

Evliliğe dönelim... Selda ile nasıl tanıştınız?

Selda, Duygu diye bir arkadaşımın arkadaşı. Duygu da, Oky'nin Cihangir'de Bi Ev'de çizdiği Şeker aslında. Duygu bir gün 'Gel kahve içiyoruz' diye beni çağırdı. Ben de o sıralarda kızlara asılmayı bırakmıştım, 'nasıl olsa uğraşırsam becerebiliyormuşum, o zaman peşinden koşmaya gerek yok, uygun birini bekliyeyim' diye düşünüyordum. Kız peşinde koşmuyorum ama sosyalliğimi de geliştirmeye çalıştığım için her çağrıldığım yere gidiyordum. Hemen gittim Duygu'nun yanına, Selda da ordaydı. Asılmıyorum ama yandan yandan kestim masada otururken.

Selda'da seni çeken ne vardı?

Valla kıvırcıktı, esmerdi, hafif kemerli gibi burnu vardı. Sürekli bıyık altından güler gibi bir hali vardı. İlk onlardan etkilendim. Bir kaç gün sonra bir gece hep beraber Duygu'nun evine

gittik. O gece sabaha kadar, Selda'ya bekar hayatımın bütün iğrençliklerini anlattım. Şöyle mantarım vardı, böyle kokardım, çöp evde yaşadım, bitlendim, pirelendim filan diye. Bütün anlattıklarıma kıkır kıkır güldü. Dedim ki bu kızda zerre gerginlik yok, ne anlatsam gülüyor. 'Ben bununla evleneceğim herhalde' diye düşündüm o gece.

Senin çizdiğin bantlarda, kendisini biraz sinirli görüyoruz...

(Ho ho). Rol icabı böyle olmak durumunda. Makul Koca Memoşko'da kendimi evliliğe kısılmış, özgürlükleri elinden alınmış olarak karikatürize ettiğim için ona da beni köşeye kıstıran kişi olma rolü düşüyor. Hatta bir ara "Senin yüzünden bana cadı kadın diyorlar" diye bana kızıyordu. Yoksa aslında pozitiftir. Belki de ilişkide asıl makul olan odur, bilemiyorum. Kadın tribi denir ya, onu sadece hamilelik sırasında yaşadım. (Ho ho).

O geceden sonra bir gün, Lombak için sabahlarken dergiye geldiler Duygu'yla beraber, beni ziyarete. Ben de Selda'ya yakınlaşmak istiyorum. Dedim ki dergi bitince bana gelin, size börek pişireyim. Oo börek partisi filan diye sözleştik. Sonra Selda anlattı, iki hafta sonraya randevu vermişim, o da "Bu beni başından savmak istiyor herhalde" diye düşünmüş. Ben bunda bir gariplik görmüyorum tabi. Dergi zamanı buluşacak değiliz ya, işim var gücüm var, ancak iş bitince buluşabiliriz.

Makul Koca Memoşko'dan kızgın Seltoşko'lar

Ne kadar zamandır evlisiniz? Çakıl kaç yaşında?

Evleneli dokuz sene oldu. Çakıl beş yaşında.

Çakıl gerçekten de çok güzel isim. Ama alışıla gelmiş bir isim değil. Nereden aklınıza geldi?

Makul Koca Memoşko'nun başlık çizimi

Valla isim bulmak çok zor. Yeni dergi çıkacağı zaman da isim bulmak hep en büyük problem oluyor. İkimiz de istiyorduk ki çok bulunan klasik bir isim olmasın, ama anlamsız ya da anlamı az bilinen bir kelime de olmasın. Doğadan bir isim olsun. Fakat uzun zaman bulamayınca ben sonunda bir isimler sözlüğü aldım, sırayla okumaya başladım. Ç harfirnde Çakıl'ı söyleyince ikimizin de gözümüz parladı.. Hem bütün istediğimiz kriterleri sağlıyor, çakıl taşı, şırıl şırıl su, deniz falan çağrıştırıyor. Hem de asıl, Çakıl Çakmaktaş var, Taş Devri çizgi filmindeki. Fred'le Vilma'nın kızı. Çizgi film kahramanı ismi koymak en süper fikir diye düşündük, çok sevdik Çakıl'ı.

Makul Koca Memoşko, Uykusuz, 2011

Senin çizdiğin bir espri vardı. Bütün aile toplanmış bebeğe isim aranıyor. Aile üyeleri teker teker isimler söylüyor, sen 'bu isim olmaz yoksa şöyle dalga geçerler' diyorsun.

Makul Koca Memoşko, Uykusuz, 2011

Aile üyelerinden biri "Mete" diyor, "Mete koymayalım, Mete Mete koyim g.te derler" diyorsun. Her biri için buna benzer bir şey söylüyorsun. 'Hayatta en çok güldüğüm karikatürlerden biridir' diyebilirim.

Evet, isim bulma işini biraz ben zora sokmuş olabilirim.

Selda ve Çakıl hayatını nasıl etkiledi?

Selda'dan önce, ya kız arkadaş edinememek yüzünden, ya kız arkadaşla gerginlik yaşamak yüzünden, ya dergi yüzünden, ya ortamlar yüzünden kadınlara, insanlara ve hayata tepkiliydim. Selda'yla, huzurlu bir ilişki yaşanabileceğini görünce, daha pozitif bir insan oldum. Tam tanıştığımız sırada 'Dünyanın En İğrenç İnsanı Memo'yu çiziyordum. Selda'dan sonra oraya aktaracak sinir kalmadı içimde, son macerayı 'Dünyanın En Pirüpak İnsanı Memo' ismiyle çizip o tipi çizmeyi bitirdim.

Selda'dan önce çok iş merkezliydim. 'Çiziyorum!' dedim

mi akan suların durması lazım yani. Ama Selda zaten uyumlu davrandığı için ona tavır yapamıyorum. Ondan talep edecek bir hakkım yok, mağdur değilim. Makul Koca Memoşko'nun alt başlığı var ya, 'Yenilginin Kısa Tarihi'. O aslında Selda'nın kendisine olan yenilgim değil, Selda'yla ilişkimdeki kendime olan yenilgim.

Çakıl doğunca tabi hayat bambaşka oldu. İlk yılların koşturmacası askerlikten beter. Çocuk, dünyanın en somut şeyi. İlk bir yıl emzir, uyut yedir, çiş, kaka, emzir uyut,

Dünyanın En İğrenç insanı'nın son bölümü, Dünyanın en Pirüpak İnsanı, Lombak, 2006

Seltoşkoş, Çakişkoş, Memoşkoş, 2015

çiş, kaka, hayat bundan ibaret. Ana okuluna başlayana kadar hemen hemen böyle. Hani oluyor ya, anneler çocuk ilk doğduğunda kendini çok dağıtıyorlar, sonra çocuk anaokuluna başlayınca kendilerine bakmaya başlıyorlar. Kuaföre gidecek vakitleri filan oluyor. İşte ben de öyle, Çakıl anaokuluna başladıktan sonra kendime daha çok vakit harcamaya başladım. (ho ho).

İnsan çocuğunu hiç ummadığı kadar çok seviyor. Çok da kaygılanıyor onun için. Sanatsal düşünceyi bozuyor mu? Evet başlangıçta biraz bozuyor. Sanat düşünmek ve üretmek biraz bencillik gerektiren bir uğraş, tamamen kendine vakit ayıracaksın, tamamen kendi içine döneceksin ve tamamen kendi ruhunun isteklerine kulak vereceksin. Fakat işte, nasıl ki çocuk ana okuluna başlayınca insan kendine vakit bulmaya başlıyorsa, çocuk büyüyüp aklıselim sahibi oldukça da onun adına kaygılanmayı bırakıp kendi ruhuna geri dönebiliyor.

Makul Koca Memoşko,
Uykusuz, 2015

O zaman da ruhuna bir de sevgi-kaygı yumağı eklenmiş olduğunu görüyor. O da pekala sanatsal esere dönüştürülebilir insani bir duygu.

Tabi çocuğun aklının ermesi başka problemlere de yol açıyor. Memoşko'da Selda'nın hamileliğinin başından, Çakıl'ın iki yaşına falan kadar hep Çakıl'ı çizmiştim. O zaman bakıyordu, 'Bak seni çizdim' diye gösteriyordum, seviniyordu. Şimdi, beş yaşındayken, şu İnterstellar filminden yola çıkarak çizdiğim öyküde, onunla bağrıştığımız bir kareyi gördü. Normalde evde bağırışmak diye bir şey yok. "Niye bağırıyorum burda sana?" dedi. Ne diyeceğimi şaşırdım, öyküyü anlatsam anlamaz, "Bana bağırman öyküde olsun ki gerçekte olmasın" diye yarı gerçek yarı kıvırma bir cevap verdim. İkna oldu mu, olmadı mı bilmiyorum, ben yokken evde 'kaldır bu dergiyi, burda Memo'yla kavga ediyoruz' diye kızıyormuş Selda'ya. O zaman dedim ki, "artık Memoşko'yu bitirmenin vaktidir." Bütün önceki Memo'lar gibi onun da sonu geldi yani.

Makul Koca Memoşko
Üstte: Uykusuz, 2012
Altta: Uyksuz, 2015

Makul Koca Memoşko, Uykusuz, 2012

Peki Ufuk'ta yeni bir kahraman var mı?

Aslında Memoşko'yu bitirmemde Çakıl'ın tavrı bahane. Asıl tükenen kendimi çizmek. Şu an için kendimi çizmek istemiyorum. Birebir kendimi çizmenin, beni macera heyecanından uzaklaştırdığını düşünmeye başladım. Geçenlerde şöyle düşündüm, bana para verseler, 'Al bununla istediğin filmi çek' deseler, Memoşko filmi mi çekeceğim? Hayır, kovalamacalı, entrikalı, uzaylı, yaratıklı bir macera filmi çekeceğim. "Aman ben yaşlandım, okur genç" aklıma bile gelmeyecek. Çünkü iyi bir macera öyküsünde önemli olan öykünün kendisi. Kurgusu, sürükleyiciliği, heyecanı, temposu. Bundan sonra böyle aksiyon, macera, aşk, kin, entrika öyküleri çizmek istiyorum. Şu an yeni çıkarmaya başladığımız Hortlak Dergisinde, uzun zamandır çizgi piyasasında görünmeyen bu avantür çizgiromanı geri döndürmek istiyorum. Ortaokul çocuğu çizgiroman okurken okuduğu karakteri sahiplensin, bir sonraki sayıda onu merak etsin istiyorum, çizerini ya da dergi ortamını değil.

Hortlak'ı çıkarmaya nasıl karar verdiniz?

Aslında Uykusuz'un başından beri bir de aylık çizgi roman dergimiz olması gerektiğini konuşuyorduk. Çünkü hem piyasada bu tarzda tatmin edici bir dergi yoktu, hem de eski L-Manyak Lombak kadrosunun önemli bölümü zaten Uykusuz'daydı. Son bir kaç senedir ara ara çizgi roman ağırlıklı mevsimlik Uykusuz Yaz ve Uykusuz Kış dergilerini çıkartmıştık. Hem biz, eski çizgi romancı kadro hem de genç çizerler o dergilere heyecanla çizdik. İstediğimizde bir

çizgi roman dergisi yapabildiğimizi gördük böylece. Fakat Lombak zamanından biliyorum ki birden fazla dergiye çizmek sürdürülebilir bir çalışma şekli değil. Uykusuz'u zayıflatmadan bunu nasıl yapacağımızı bilemiyordum.

Fakat bir yandan da çok istiyordum aylık dergiyi. Bir süredir Oky'yle o aşk, kin, nefret, intikam, entrikayla dolu avantür, macera tadını konuşup duruyorduk. Boyu Amerikan comics boyu olsun, ismi Hortlak olsun falan diye fanteziler kuruyorduk. Biz de tam Selda ve Çakıl'la Bodrum'a taşınmıştık geçen yaz. Bodrum'da yaşıyorum, her ay on günümü gelip İstanbul'da geçiriyorum. İstanbul'da da dergide yatıp kalkıyorum. Bekar gibi yirmi dört saatimi dergide geçirmeye başlayınca Bülent'le, Emrah'la ve diğer çizerlerle de bu konuyu uzun uzun konuşma fırsatım oldu. Baktım ki kendi fantezim sandığım o macera tadı falan aslında herkesin özlediği bir tarzmış. Sonra bir gün Bodrum'dayken Oky beni aradı, "Artık şu dergiyi çıkarmamız lazım" dedi. Oky bana misyonu yükleyince başka çarem kalmadı, gittim bir maket hazırladım, elimde maketle herkesle konuştum. İki ay dergide yatıp kalktım ve sonunda Hortlak'ı çıkartmayı başardık.

Birden fazla dergiye çizme meselesi hallolabilmiş değil. Ben Bodrum'a artık yavaş yavaş emekliliğe geçme planlarıyla taşınmıştım, şu an eskisinin üç katı çalışıyorum. Uzun vadede Uykusuz kadrosuyla Hortlak kadrosunun ayrışması gerektiğini düşünüyorum.

Hortlak'ta yeni çizerler de olacak mı? Son yıllarda çıkan yeni çizer var mı?

Yeni bir dergi yeni heyecan yaratıp gençleri buraya çekecektir. Bir kaç heyecanlı genç arkadaşımız da var zaten. Ama genel olarak son dönemde yeni çizer pek çıkmıyor. İnternet, son yıllarda çizgi dünyasını çok etkiler hale geldi. Ben Limon'da yayınlanan ilk karikatürüm için para aldığımda şaşırmıştım, "Hem işimi yayınlıyorlar, hem de üstüne para veriyorlar" diye. Çünkü asıl amacım orada işimin yayınlanması, görünür ve konuşulur olmasıydı. On beş, yirmi yaşlarında bir genci asıl motive eden şey adam yerine konmak, aldığı para bile para olarak değil de "bu parayı adam yerine koyup bana verdiler" hissi dolayısıyla değerli. Bu hissi

Ölü, Diri ve Deli, Hortlak, 2016

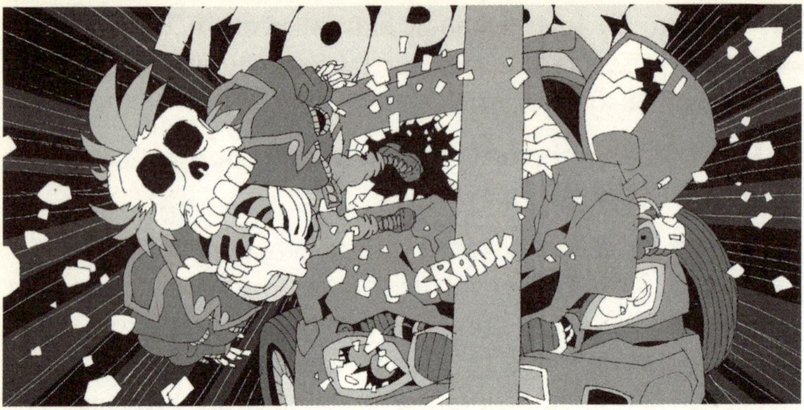

Ölü, Diri ve Deli, Hortlak, 2016

bugün gençler internetten tatmin edebiliyor. İnstagram'da karikatür çiziyor, otuz bin takipçisi var, niye uğraşsın ki amatör sayfaya iş getirmeye, işlere bakan usta çizerden nasihat dinlemeye? Bu uğraşının mesleğe dönüşüp on sene sonra ona para kazandırması gerektiğini o yaşta hesaplamaz. Belki on yıla kadar oradan, o şekilde para kazanmanın da yolları yaygınlaşır bilemiyorum. Ama dergiye gelen yeni kuşak çizer çok az.

Sen de internette yazılar yazıyorsun galiba.

Evet, çok yazdım. Bir getirisini de beklemedim. İnternet öyle bir yer, sırf sesini duyurmak istiyor insan. İlk yıllarından beri Ekşi Sözlük'te çok yazı yazdım. O zamanlarda internet, hiç bir zaman kontrol altına alınamayacak bir özgürlük mecrası olarak görülüyordu. Ben de mizah dergilerinde bile yazamayacağım konuları rahatça yazabildiğim için Ekşi Sözlük'te yazmaya başlamıştım. Sonra yavaş yavaş müstehcen içerik gerekçesiyle porno siteleri engellemeye başladılar. O zaman ben dedim ki bu porno sansürü, genel sansürün ve kontrolcülüğün başlangıcıdır. Bugün porno yasağına dur demezsek yarın devlet herşeyi engelleme hakkına sahip olacak. 'Pornoma Dokunma' başlığıyla bundan bahseden bir yazı yazmıştım Uykusuz'da. Kaan Sezyum beni aradı, 'Abi bunu bir kampanya yapsak ya' dedi. Ben de 'Pornoma Dokunma' blogunu açtım. Cinsel içerik üzerindeki yasakların nasıl her türlü yasağa meşruiyet sağladığını, cinselliği kontrol etmenin toplumu nasıl manipüle ettiğini anlatan yazılar yazmaya başladım. Henüz 'toplum mühendisliği' lafı bu kadar ortada yokken, kadını baskılamanın amacının toplumsal hiyerarşiyi şekillendirmek olduğunu anlattım. O dönem o blog bayağı ilgi çekti, Pornoma Dokunma sloganını

Cinsel Özgürlükler Keyif Değil Haktır başlıklı Pornoma dokunma yazısının FAK kitabındaki vinyeti, 2014

İnternet sansürüne karşı yürüyüş, Kaan Sezyum'la birlikte, İstiklal Caddesi, 2010

*(....) Şimdik ben ortaya çıksam ve "otuzbire özgürlük" diye feryad etsem bu feryadım bir özgürlük mücadelesi olarak yankı bulur mu? Yüzbinlerce otuzbirci toplanıp meydanlarda yürüyüş yapabilir miyiz? "Otuzbirciler polisle çatıştı, insan hakları dernekleri otuzbircilerin yanında," diye ana haber bültenine çıkabilir miyiz? Porno özgürlüğünün kişisel bir otuzbir hakkından öte, bir toplumsal yapılanma belirleyicisi olduğunu, ideolojik ve politik bir mesele olduğunu kitlelere anlatabilir miyiz? Söyleyiniz efendiler, porno politik midir? Şu yazıyı okurken bile otuzbir mücadelesi dendikçe "ehi ehi" diye için için gülmüyor musunuz!.. Adam siteyi kapatmak için mahkeme kararı çıkartmış, o kararı çıkartabilmek için yasa çıkartmış, o yasayı çıkartmak için mecliste komisyon kurup "Ekranda y*rrak kürrek görünsün mü görünmesin mi" diye tartışmışlar, oylamışlar, sen hala "Porno polilitiktir" deyince ehi ehi diye gül!.. Cinselliği ayıptan say, cinsel talepleri sosyal hak sayma ki toplumu müstehcenlikten koruduklan iddiasıyla toplumu kendi anlayışlarına tâbi kılıyorlarken onlar da sana gülsünler!..*

Pornoma Dokunma, Uykusuz, 2008

sahiplenenler oldu. İnternette yasal sansürü kolaylaştıran bir yasa çıkartılmasına karşı iki yıl üst üste yürüyüş oldu o sırada İstiklal Caddesi'nde.İlkine küçük bir "Pornoma dokunma" pankartıyla katıldım. İkincisi çok büyüktü, Gezi'den de önce, özgürlükçü insanların o zamana kadarki belki en geniş kitlesel eylemi olmuştu. Elli bin kişi yürümüştü İstiklal'de. Ona da küçük pankartımla gittim, bir de baktım ki İnci Sözlükçüler benden bağımsız şekilde dev bir 'Pornoma Dokunma' pankartı açmışlar.

Hala yazıyor musun internette?

Hayır yazmıyorum. İki sebebi var. Birincisi Pornoma Dokunma'da ya da diğer yazılarda 'Geliyor' dediğim felaketler geldi zaten. Din baskısı, sıkı yönetim, savaş, hepsi kapımızda. Şu an diyecek bir şey bulamıyorum. Ne diyeyim, 'Hepimiz öleceğiz' mi diyeyim.

İkincisi de, internet çirkin bir yer artık. Söylenilemeyenin söylendiği bir yer değil, bir şey söylendiği anda alakalı alakasız herkesin, söz söyleyenin üzerine çullandığı bir yer. İnternette fikir beyan etmek köy meydanında bikiniyle dolaşmak gibi. Normalde köyün yeri ayrı, plajın yeri ayrı. İkisi kendi doğası içinde, birbirini etkilemeden var olabilir. Ama internet ikisini aynı yere koyuyor, o zaman da kaba kuvveti yüksek olan taraf baskın çıkıyor. O yüzden artık ne fotoğraf paylaşasım geliyor internette, ne yazı yazasım geliyor. On beş sene öncesinin özgürlük mecrası, bugünün zorbalık aygıtı haline gelmiş durumda.

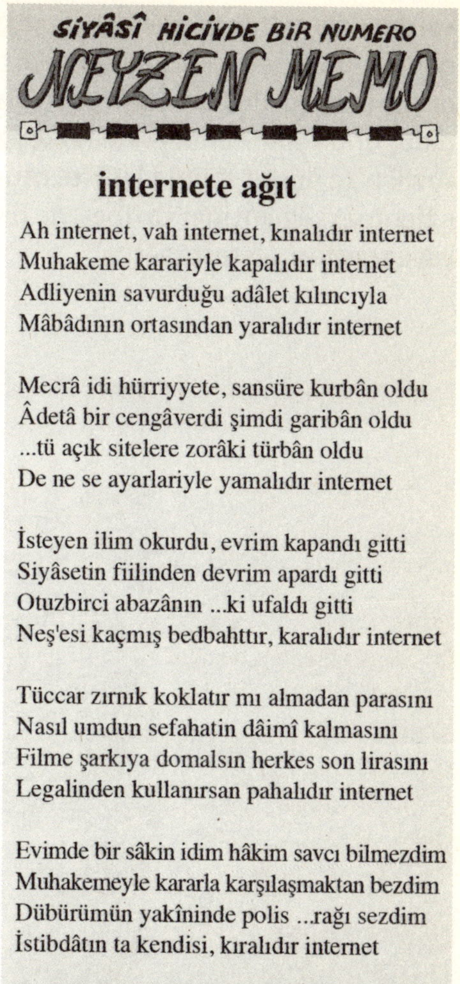
SİYÂSÎ HİCİVDE BİR NUMERO
NEYZEN MEMO

internete ağıt

Ah internet, vah internet, kınalıdır internet
Muhakeme karariyle kapalıdır internet
Adliyenin savurduğu adâlet kılıncıyla
Mâbâdının ortasından yaralıdır internet

Mecrâ idi hürriyyete, sansüre kurbân oldu
Âdetâ bir cengâverdi şimdi garibân oldu
...tü açık sitelere zorâki türbân oldu
De ne se ayarlariyle yamalıdır internet

İsteyen ilim okurdu, evrim kapandı gitti
Siyâsetin fiilinden devrim apardı gitti
Otuzbirci abazânın ...ki ufaldı gitti
Neş'esi kaçmış bedbahttır, karalıdır internet

Tüccar zırnık koklatır mı almadan parasını
Nasıl umdun sefahatin dâimî kalmasını
Filme şarkıya domalsın herkes son lirasını
Legalinden kullanırsan pahalıdır internet

Evimde bir sâkin idim hâkim savcı bilmezdim
Muhakemeyle kararla karşılaşmaktan bezdim
Dübürümün yakîninde polis ...rağı sezdim
İstibdâtın ta kendisi, kıralıdır internet

Neyzen Memo, Uykusuz, 2009

İnternette herkesin her şeye aşırı ifadelerle yorum yapması üretici insanları da etkiliyor. Biz eskiden işimiz iyi mi kötü mü diye birbirimizin gözüne bakıp anlardık. Şimdi işini sadece internetteki yorumların güdümüne sokan insanlar oluyor. Yaratıcı insana bence biraz internet orucu lazım. Çünkü sanat demek seyircinin istediğini vermek demek değil, kendi ruhundakini seyirciye anlatmak demek. İnternette koltuktaki seyirciler sahneyi işgal etmiş durumda. Duydukları şeyin şarkı değil kendi yaygaraları olduğunu kendi kendilerine farkedeceklerini de sanmıyorum. Artık bize düşen sabırla kuliste oturup kendi aramızda eğlenmek, eğlentinin cazibesiyle bir saygınlık oluşturarak yaygaracıları susturmaktır...

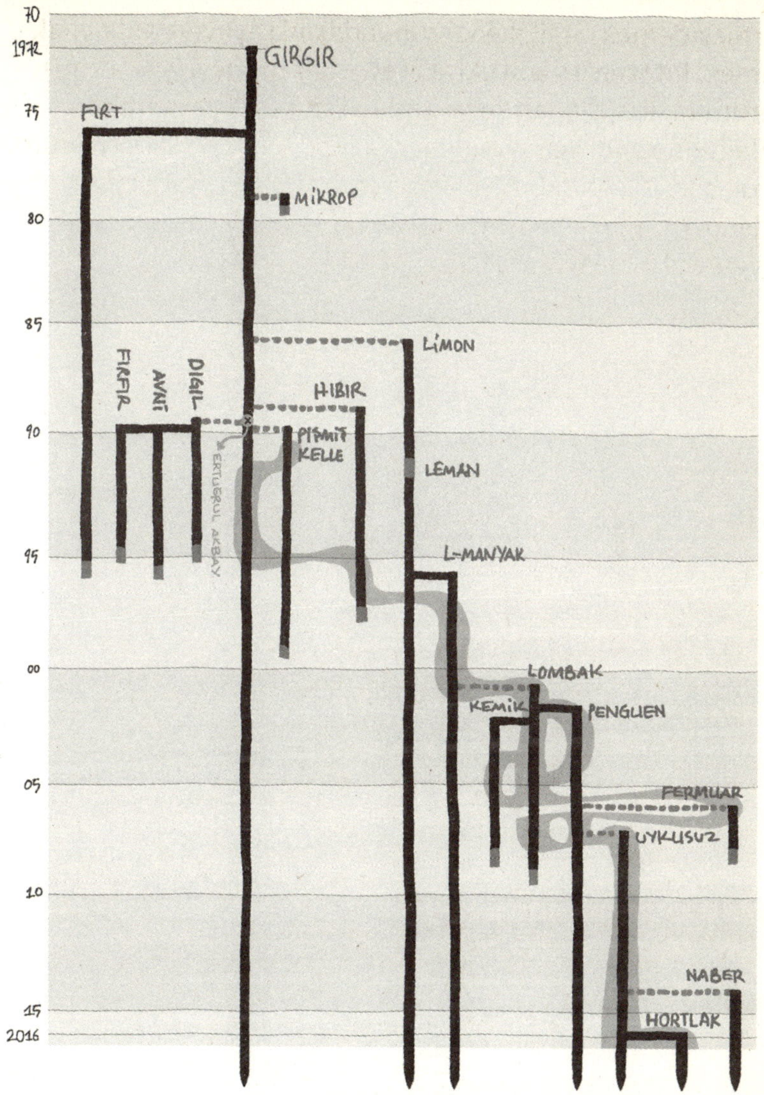

Kişisel tarihimle birlikte aklımda kaldığı kadarıyla 40 küsur senelik mizah dergiciliği tarih şeridi. Bu tarih şeridinin, benim unuttuklarımı, hiç bilmediklerimi, yanlış bildiklerimin doğrularını ve mümkünse bütün çizerleri kapsayacak şekilde 100 küsur seneliğini hazırlamaları için sevgili çizgi dünyası tarihçisi akademisyen arkadaşlarımı göreve davet ediyorum.